長袖とヘッドフォン

加藤 勝

angelpasser

長袖とヘッドフォン　目次

装丁　吉宮順

長袖とヘッドフォン

長袖とヘッドフォン

時間とは、こんなにもゆっくり進むものだったのか。

いつもだったら陸上競技場で、夜の練習前のウォーミングアップをしている時間にビアバーのカウンターに座っている自分への違和感を拭えぬまま、広岡香帆は溶けていくグラスの泡を見つめていた。

グループ客の笑い声、小気味良いウッドベースのリズム、厨房から漂うガーリックソースの芳ばしい香り、通りの向こうのコンサートホールに入っていく多くの笑顔。

そのすべてが虚ろだった。けれど真っ直ぐ家に帰る気にもなれない。

国際大会を転戦する合間に、こうした居心地の良いイタリアンバルでひととき骨を休める、そんな選手生活を夢見たこともあったが、自分のキャリアのピークは五年前の国体三位入賞だった。

今年の大会出場を懸けた県予選で、自分より八歳も若い高校生に敗れた翌日、香帆は陸上部の監督に引退を告げた。

「髪でも伸ばそっかな」

香帆が呟いてグラスを呷ったとき、二つ隣のカウンター席にひとりのスーツ姿の男が座った。目と目が合ってお互いをそれと認め、ふたりは反射的に「あっ、どうも」、「おつかれさまです」と事務的な言葉を交わした。男は香帆と同じ家電メーカーに勤める営業二課の小嶺拓海だった。香帆が配属されているマーケティング戦略室が企画した法人向けの新商品発表イベントで、何度か一緒に仕事をしたことがある。

「すみません。待ち合わせをしてて、この席、ちょうど見通しが良いものだから」

照れたような表情で拓海はコンサートホールのほうを指差した。

カウンター席にまだ余裕があるのに、あえて香帆の近くに腰を下ろし、独りの空間に割って入った無遠慮を詫びたのだろう。

「いいえ、ぜんぜん……」

眺めの良い席に陣取って無為な時間を過ごしている自分にこそ非があるような気がして、香帆は身を縮めた。

「広岡さんは、練習はお休みですか?」

やっぱりそう思うよね。他意のない拓海の表情が余計に香帆の胸の奥を軋ませた。

こんなふうに親しい友人達と料理やお酒を楽しんだり、コンサートホールで音楽に身を委ねたりする金曜の夜があることを、二百メートルをいかに早く走るか、そのことばかりを考えてきた香帆は知らなかった。

求道者のようにゴールテープを追いかけることが誇りですらあった自分が今、掌を返して、それ以外を知らない自分を責め立てる。

「私、陸上競技は引退したんです」

できるだけ悲壮感が漂わないよう注意を払って香帆は言葉を返した。

「そうでしたか。それはおつかれさまでした」

気まずそうな反応を予想していたのに、意外にも拓海の口調は軽いものだった。そればかりか拓海は「広岡さんのセカンドキャリアに乾杯しましょう」とにこやかにグラスを持ち上げてきた。

「競技中心の生活でしたから仕事はいつも中途半端で、フォローしてもらってばかりでした。皆さんには本当に頭が上がらないです」

控え目にグラスを重ねたあとで香帆が言った。

「とんでもない」拓海が大きくかぶりを振った。「近場で大会があるときは、営業二課のみんなでちょいちょい陸上部の応援に行ってたんですよ」

「本当ですか？」

「共通に応援できる対象があるというのはチームの一体感を醸成する上で大きいものですよ。

みんなで声を張り上げて、勝敗に一喜一憂して、帰る頃には『明日からまた頑張ろう』って気になってる」

香帆は、自分が競技に打ち込むことが、そんなふうに誰かの役に立っているなんて思ったことがなかった。社名がプリントされたユニフォームを着てトラックを走り、表彰台に立つことで会社の知名度を上げる、それが実業団選手の役目だと思ってやってきた。

「まあ考えてみると身勝手な応援団だけどね」拓海が笑った。

香帆と拓海が話している間にも何組かの客が入ってきて、店内は賑わいを増していた。

会話が途切れた一瞬に、拓海がちらりと腕時計を見て、次に窓の外に視線を移した。

「今日は誰のコンサートなんですか?」香帆が尋ねた。

「『シンフォニエッタ東北』というオーケストラです」

「へぇ……」

話を広げられない問いを発してしまったことを香帆は後悔した。

「気にしないでください。実は僕も公演のポスターを偶然見かけるまで知らなかったくらいです」拓海は笑みを浮かべた。

「僕は楽団そのものではなく指揮者を観にきたんです」

クラシック音楽の世界では、演奏者や楽団そのものよりも指揮者が演奏の出来を左右し、また、ときとして権威を持つということを、香帆も一般常識的には知っていたが、その具体についてはは何ら語れるものがなかった。

「有名な指揮者がいらっしゃるんですか？」

「いや、どちらかというと無名の部類だと思います」

拓海が再び腕時計を見た。

「やはり来ないかな……」

賑わいにかき消されそうな拓海の小さな呟きを香帆は聴き逃さなかった。

そのあとの少しの沈黙の間、香帆は拓海の横顔を見ていた。店内に響く、弾けるような笑い声や音楽よりも、その沈黙のほうが重く大きいものに感じられた。

「同じものをおかわりで良いですか？」

沈黙を破った拓海が、空になりかけていた香帆のグラスを指差した。

「え？　はい。でも……」

拓海は腕を上げて店員を呼び、ビールを二つ注文した。

「広岡さんの新たな門出にふさわしい話になるかどうか分かりませんが、僕の、そう遠くない昔話に少し付き合ってくれませんか？」

そんなふうに拓海は、グラスの底から何かを掬い取るような慎重さで話を始めた。

高校二年生の六月、夏の甲子園大会の地区予選が始まるより早く、僕の夏は終わった。野球部を辞めたのだ。

部活を辞めた僕がまず考えなければならなかったことは、自宅に居る時間をできるだけ減らすことだった。自宅に居れば僕への失望を隠せない父さんの、毒気を含んだ言葉に被曝してしまうことになる。

父さんは僕が小さな頃から、僕に大きな期待をかけていた。小学生のある時期までは本気で僕をメジャーリーガーにしようと考えていたくらいだ。

だから、僕が部活を辞めると言ったときの父さんの落胆といったら、それは目も当てられないほどだった。家の中から一切の灯りが消えてしまったのではないかというくらいに雰囲気は暗いものになった。

それで僕はバイトを始めることにした。バイトを探すに当たって僕は、学校の教師はもちろん、クラスメートにも会わないような仕事にしたいと考えた。近所のコンビニやレンタルＤＶＤ店なんていうのはもってのほかだ。

求人雑誌を睨みながら、悩んだ末に決めたのがホテルの飲食・宴会部門の仕事だった。パーティ会場で料理や飲み物を給仕したり、バイキング形式の朝食会場で食器を下げたりする仕事だ。

これが意外と僕には合っていた。

平日は週三日、学校が終わったあとの夕方から夜十時まで、週末は早朝から夕方までみっちり働くことにしたのだけれど、厳しい野球部の練習に比べたらウォーミングアップをしているようなものだったし、何より、女性が多い中で、生ビールの樽を運んだり、大きなテーブルを移動させたりする作業はみんなに敬遠されがちだったから、僕は結構重宝されたのだ。

結果を期待されているということと誰かに必要とされているということは決定的に何かが違っている。野球をやっているときには、ヒットを打つことや試合に勝利することを求められていて、その期待に応えることで周りの大人たちが褒めてくれることが嬉しかったけれど、それは「必要とされている」ということとは違っている。

自分が誰かの役に立っているという実感は、寄る辺なかった僕という存在に揺るぎない安定を与えてくれた。

アルバイトを始めておおよそ一ヶ月。新しい生活、というより新しい生き方と言って決して大げさではない日々に、僕は馴染み始めていた。

翌週に夏休みの始まりを控えた木曜の夜のことだった。その日は大きなパーティもなく、僕はホテル内の中華料理店にヘルプスタッフとして入っていた。全部で十五あるテーブルのうち八つに予約が入っていて店内は賑やかだった。

「ビミョーな雰囲気の家族がいるよねぇ」

帰り客を見送って厨房に戻ってきたホールマネージャーのマリコさんが言った。ホールスタッフの制服であるワイン色のスタンドカラーのシャツが、気怠そうなこの人の雰囲気によく似合っていた。

「七番でしょ」この店の専属アルバイトのナオユキさんが応えた。七番というのはテーブル番号のことだ。

こうした舞台裏の会話には、接客業務の緊張を解き、ほどよく脱力を誘う効果があった。「あのふたり、不倫だね」とか「焼き豚が共喰いしてる」などといった下世話な会話を、高校生の僕が自ら進んですることはなかったけれど、話の輪に入って一緒に笑うくらいの余裕はあった。

「でもアレ、プロがレコーディングスタジオとかで使ってるレベルだぜ」ナオユキさんが続けた。

ナオユキさんは勤務歴がマネージャーより長く、メロコアのバンドでベースギターを弾いているという話だった。ヒゲと金髪がなぜか不潔な印象を与えないのはメロコアのピュアな面が出ているからなのだろうと、僕の中では腹落ちをしていた。

ふたりの会話の意味することが分かったのは、空いた食器を下げにホールに入った時だ。

七番テーブルに座っていたのは家族と思われる四人の男女で、五十代くらいの夫婦に、高校生と大学生くらいの兄妹といった感じだった。品が良く、身なりも小綺麗で、一見すると高級中華料理店によく馴染んだ家族という雰囲気なのだけれど、そこに一点のシミが滲むような違和感があった。

息子（と思われる男）が、頭に大きなヘッドフォンを付けていたのだ。

ナオユキさんが言っていた、プロが使っているレベルのものとはこのことか。

僕は、食器を下げて厨房に戻ってくるまでの短い間に三度も見直した。ひょっとしたらヘッドフォンに見えていたそれは耳当て付きのニット帽だったり、風変わりなパーカのフードだったりするのではないかと思ったのだ。

けれどやはり、みんなが見たものを確認するだけに終わった。

ヘッドフォンの耳あてのパッドは大きく厚く、耳をすっぽりと密閉させ、アーチ状の繋ぎ部分は幅広で、レザー調の生地が張られている。その重厚感は、小柄で地味な印象の息子には不釣り合いだった。

そんなふうだから、息子と他の三人の家族の間には会話はなかった。夫婦は、小籠包やフカヒレスープを口に運びながら頷きあったり笑いあったりしている。娘も、両親から話を差し向けられれば柔らかく応じている。

おそらく息子には、その三人の会話すら聞こえていないだろう。俯きながら黙々と箸を進めているだけだった。

　こうした態度には僕にも思い当たるところはある。中学校に入った頃から家族との外出や会話が鬱陶しいと感じることが多くなってきた。不本意な外食に、食事中ずっとふてくされた態度をとったこともある。

　けれどヘッドフォンはやり過ぎではないか。

　厨房に戻ってくるとナオユキさんが「どうだった？」と尋ねてきた。キッチンスタッフから次の料理が出される短い手待ち時間に『飾りナプキン』を折っている。

「テレビのドッキリ番組とかですかね？」僕は思いつくままに答えた。

「誰が誰にドッキリを仕掛けてるんだよ」

　そう応じるナオユキさんの手元でナプキンがみるみるうちに扇を形作っていく。それは芸術的とも言える手際で、僕はナオユキさんの弾くベースギターを聴いてみたくなる。

「それにしても、あの立派なヘッドフォンで何を聴いてるんでしょうね」僕は言った。

「うちのバンドだったりして。熱烈なファンがこっそりオレに会いに来たとか」

「それは相当なドッキリですね」

「どういう意味だよ」笑うナオユキさんの手元が少し乱れた。

「拓海くん、六番のかたしをお願い」

離れたところからマリコさんの声が届いて、僕はお盆と布巾を手に取って再びフロアに向かった。

六番テーブルを片付けている間もチラチラと七番に目を向けてみたけれど様相は変わらず、テレビクルーが「ドッキリです」と言って陰から出てくることもなかった。

すみません、と不意に背後から声をかけられ、僕は手を止めて振り返った。七番テーブルの娘のほうが発した声らしかった。

「アップルサイダーをひとつお願いします」

「はい、アップルサイダーおひとつ、かしこまりました」と復唱して娘の顔を見た瞬間に僕の息が止まった。

学校の同じクラスの小野田優《ゆう》雨だったのだ。

再び厨房に戻った僕にナオユキさんが「どうした？　証明写真みたいな顔になってるぞ」と声をかけてきた。

「七番、同級生の家族でした……」と僕が答えると「なんだ、ドッキリを仕掛けられてたのは拓海じゃないか」とナオユキさんが笑った。

翌日、僕は学校で小野田優雨に話しかけるチャンスを窺った。

教室移動、昼休み、掃除時間……。気をつけて見ているると優雨は独りでいることが多かったのだけれど、声をかけられず躊躇しているうちに放課後になってしまった。

正直、優雨の印象は薄い。真夏でも長袖のブラウスを着ていて、ひ弱なイメージがあるくらいだ。もっとも優雨や他の女子達から見た僕の印象だって『野球好きの筋肉バカ』ぐらいなところだろう。印象の薄い者同士がクラスの中で会話をしていても誰も気に止めないのかもしれないけれど、僕自身は、かつてのチームメート達に女子と話しているところを見られたくなかった。

「あの、小野田……」

校門を出たところでようやく呼び止めた。

「え?」優雨が立ち止まって振り返った。真夏日だというのに今日もブラウスは長袖だ。

「えっと」目が合った瞬間に頭が真っ白になり、考えていた言葉が全て飛んだ。「昨日は……。ご、ご来店ありがとうございました」

何言ってんだ、オレ。

「ああ」

優雨の表情は変わらない。その程度のことで呼び止めないで、という非難にも聞こえる。

再び歩き始めた優雨の横に僕は付いた。ランニング中のどこかの運動部員たちが僕らを追い越していった。校内アナウンスで三年生の誰かが職員室に呼び出されている。放課後という特別な時間が始まったのだ。今の僕にとってはただ、窮屈な場所と時間からの解放を意味するものでしかない。

「ひとつお願いがあるんだけど」気をとり直して僕は言った。

何？　と言う代わりに優雨が僕の顔を見た。

「オレがあのホテルでバイトしていたことを誰にも内緒にしておいて欲しいんだ」

うちの高校はアルバイトが原則禁止で、認められるためには、その必要性と高校生らしい仕事であるという適格性の両方の要件を満たさなければならない。

僕はそのどちらも満たしていないのだ。

優雨が一瞬立ち止まり僕の顔を見て、またすぐに歩き始めた。

「小嶺くん、部活は？」優雨が聞いてきた。

「辞めたんだ」

優雨はそれに対して何も言わなかった。

「部活のみんなにハブられた」

このことは監督にも親にも言っていない。

そのあとしばらく優雨は黙ったまま歩き続け、僕もなんとなく横に付いて歩いた。住宅街を抜け、部活終わりによく立ち寄ったコンビニの前を通り過ぎ、前方に駅が見えてきたときだった。

「小嶺くんの秘密を守る代わりに私のお願いも聞いてくれる？」優雨が言った。

「え？　何？」

「いいから付いてきて」

急に声も表情も明るくなった優雨に気圧されて僕は彼女の背中を追った。

駅前の繁華街の雑居ビルの前で優雨が立ち止まった。ガラス張りの入口の上方を見上げると『カラオケ　ヴォイス・フレンド』という看板が掲げられている。

「え？　カラオケ？」

予想していなかった展開に僕は目を疑った。

「一度やってみたかったんだよね」

優雨の目が輝いている。

「え？　小野田って、カラオケやったことないの？」

「うち、ゲーセンやカラオケは禁止なの。隠れて入ったってバレないと思うけど、独りで入る勇気はないし」

昨夜中華料理店で見た、品の良さそうな優雨の両親の顔を思い浮かべた。ひょっとしたら優雨って結構なお嬢様なのかもしれない。

そんなことを考えていると「さ、入ろ、入ろ」と、優雨が僕の背中を押した。

入店手続きを済ませてカラオケルームに入ると優雨のテンションはさらに上がった。

「わーい、女子高生みたいだー」

さっそく靴を脱いでソファに上り、飛び跳ねている。

「小野田ってそういうキャラだったんだ」

「いいから何か曲を入れて。まずはね……」

僕は優雨に言われるままにリモコンを操作して曲をどんどん登録した。歌うつもりはなかったけれど、優雨には僕にマイクを譲る気は無いようだ。

優雨が歌い始めると僕は手持ち無沙汰になった。この状況に適した立ち振る舞いのストックが僕には無い。けれどカラオケが初めてだという優雨に楽しい思い出を残してあげなければならないという妙な義務感が、僕に羞恥心を捨てろと言った。

つまり僕はタンバリンとマラカスを振り、奇声を上げたのだ。

恋だ、夢だと七曲を歌い終えたところで「休憩ー」と言って優雨はマイクを置いた。そして、歌っている間に僕が汲んできておいたドリンクバーのコーラを一気に飲み干した。

「おかわり自由って神なんだけど」優雨が空になったグラスを持ち上げて小さく左右に降ると、氷が音を立てた。

「また同じのでいい?」僕は優雨のほうに手を伸ばした。

「さすがホテルマンは気が利くね」

「そんなんじゃないよ」

「でも次に歌う曲決めてからでいいや」

そう言って優雨はリモコンを手に取った。

「昨日は、家族で来てたんだろ?」僕はなんとなく聞いてみた。

「うん。お兄ちゃんの誕生日だったの」

僕は、大きなヘッドフォンをした優雨の兄さんの姿を思い浮かべた。

「お兄さんは・・・、なんというか、その、絶賛反抗期中な感じ?」僕は言った。

少しの間があった。

「ヘッドフォンのこと?」

「あれじゃあ、会話もできないだろう」僕はコーラを一口飲んだ。

「何歌おっかな。フォーリミとかあるかな・・・」優雨はそれには応えなかった。

僕は優雨の横顔を見ていた。

「ねぇ、やっぱり飲み物お願いしていい?」優雨が言った。

「あ、うん。何がいい?」

「そうだな、カルピスがいいかな」

「オーケー」

立ち上がってカラオケルームの扉に手を掛けたところで、優雨の声が僕を引き留めた。

「お兄ちゃんにはね……」

「え？」僕は振り返った。

「発達障害があるの」

初めて聞く言葉だった。

「聴覚が過敏だから、街の喧騒とか、食器がぶつかり合う音とかが苦手で、外出するときはいつもあのヘッドフォンをしているの」

とても重く、親密な告白を受け取ったという実感と、見当違いな質問をしてしまったことへの後悔が混ざり合った、濁った感情が僕の思考を塗り潰した。

「カルピス、持ってくるな」僕はカラオケルームを出た。

優雨といると、自分の立ち振る舞いのストックが少な過ぎることを感じてばかりだ。

発達障害とは、生まれつきの脳の特性によって、特定の物事に強いこだわりを持ったり、他人の感情を理解することが苦手だったりしてしまい、社会生活に困難が生じる障害をいう。

カラオケルームではそれ以上優雨の兄さんの話題には触れなかったから、僕は帰宅してからスマホでググった。

なんだか自分のことを言われているような気にもなった。

帰りの電車は同じ方向で、優雨は学校の最寄駅から三つ目のY駅で僕より先に降りた。

Y駅の手前には大きな川があって、電車が鉄橋を渡るときに優雨は、あの堤防の向こう側の住宅地に自宅があるのだと指差した。その辺りは高級住宅街と言われる地域だ。

優雨は「また近いうちにカラオケに行こうね」と言った。「次は小嶺くんの歌も聴いてみたい」と付け加えたのには苦笑いだった。その後、僕らは何度かふたりでカラオケに行ったのだけれど、優雨が僕にマイクを譲ったことは一度もない。


夏休みに入り、僕はバイトの日数を増やした。僕自身は毎日でも良かったのだけれど、労働基準法に触れるからと総務の人に言われて勤務日数を抑えた。

そうか、部活って労働基準法に触れてるんだと僕は思った。

八月第一週の水曜日の午後にホテルの一番大きな広間で、地元のT大学の公開セミナーが開かれた。

僕の仕事は、演台や長テーブルを設営したり、セミナー名が書かれた看板を掲げる程度で、本番が始まってしまえばほとんどやるべきことはなく、パーティに比べてずっと楽なものだった。

僕は会場の壁際に立って、ぼんやりと進行を見守っていた。

「では、本日の講師を紹介します。本学環境共生研究科教授の小野田大輔でございます」

拍手で演台に招き入れられた講師を見て僕は驚いた。その人は優雨の父親だったのだ。

「えー、小野田でございます。本日私に課せられたお題は『人口減少社会の構想――多様性、共生、そして公正――』であります。非常に難しい課題ですが、これにしっかりと向き合っていかなければ、私達は、希望ある未来を次世代に引き継いでいくことはできない、そういう切実なる思いでこの場に立っております」

僕は、自分が設営した、演題と講師名が書かれた看板を改めて見た。そのときも目にしていたはずだけれど『小野田』の苗字から優雨の父親を連想することはできなかった。

「副題に連ねられた『多様性、共生、そして公正』。これらの用語自体が多様な論点と解釈を孕むものであり、この語義の本質に肉薄しようとする知的鍛錬は、一見迂遠なようなものでありながら、理念によって駆動される社会の実現への、最も近道となるのではないかと、そのように考えるのであります。本日の講演では・・・・」

言っていることの意味が僕にはほとんど分からなかったけれど、この人がカラオケ店に娘を行かせるような親ではないということはよく分かった。

「いささか言葉遊びが過ぎたようであります。話を生活者の目線に戻しましょう。実は、私には発達障害を持った息子がおります」教授が表情を変えずに言った。

「息子が小学一年生のときのことです。隣の席の子から『消しゴムを貸して』と言われ、息子は何の気なしにどうぞと貸してあげました。隣の子が消しゴムを使って息子に返そうとしたところで息子は怒りだした。息子に言わせれば、隣の子が使った分だけ消しゴムが減った。ならば『貸して』ではなく『一文字消す分だけちょうだい』と頼むべきではないかというのです。万事がこの調子ですから、やがて息子は孤立し、先生も手を焼き、小学四年から不登校になりました。現在、息子は二十歳になっておりますが、通信制の高校で学んでおります」

僕は、優雨の兄が、ヘッドフォンによって遮断しようとしていることと、守ろうとしていることについて考えてみた。

「発達障害とは、先天的な脳の障害によって社会生活に困難を抱えることをいうわけですが、私が皆さんに問いたいのは、発達障害を、人間が本来備うべき能力の欠如という意味における異常性として捉えて良いのかということです。つまり我々が健常で、彼らは異常であるとの線引きの妥当性、あるいは公正性を今一度考えてみる必要があると思うわけです」

ここまで言うと小野田教授は、水差しから水をグラスに注ぎ一口含んだ。百人以上はいた聴講者たちは教授の次の言葉を待った。僕自身もだ。

「翼を持たない人類は、飛行機という技術と、その運行に秩序を与える法律を生み出しました。

仮に鳥類が人類並みの知能を持っていたとしたら、当然飛行機なんて技術は存在しなかったでしょうが、その逆に、いわゆる『鳥目』を前提とした社会秩序や、それを補助する照明技術が発達していたかもしれません。あるいは、そもそも都市なるものは木の上に分散的に形成されていたかもしれません。我々と発達障害者の違いは、単に多数派か少数派かの違いに過ぎないのです。喩えて言うならば、右利きか左利きかの違いくらいです。左利きが多数派ならば、パソコンのテンキーは左側に、トイレのドアノブの位置も反対側にというふうに、社会デザイン全体が異なった様相を呈することになっていたでしょうし、そもそも漢字や平仮名、すなわち私たちの文字も違った形になっていたかも知れません」

考えてみたこともなかった視点に僕は衝撃を受けた。

「こうした思考の地平に立って日本という国を見渡したとき、私は暗澹たる思いを隠すことができません。多様な民族、文化のひしめき合いの中で社会的意思を形成することを模索してきた欧米諸国の経験値に、日本という国家は遥かに後塵を拝している。子どもの頃から学校に閉じ込められ、同世代の人間としか触れ合わず、詰め込み式の勉強ができるかできないか、部活で勝ったか負けたかでしか評価されない。こうした文脈から生まれる多様性は、同一車種における異なるカラーぐらいの幅でしかなく、そもそも車輪に頼らず空を飛ぼうとする発想は、排除あるいは抹殺されているのだ。我が国は未だ『共生社会』を構想しうる段階にはなく、〝強いる〟という意味における『強制社会』を脱することができていないという現実を真摯に受け止める必要がある」

講演の後半、教授の口調は怒気を帯びたものになっていき、気圧された聴講者たちの表情も硬くなっていた。

「すみません。いささか感情的になってしまいました」

教授は自らを落ち着かせるように大きく深呼吸をして、最後にこう付け加え、講演を終えた。

「ジョン・レノンではありませんが、『想像してごらん。障害なんてないんだ』と」


公開講座が終わり会場をあとにしようとする小野田教授を、僕は追いかけ大広間を出たところで呼び止めた。

ホテルの従業員に声をかけられ、初めは、忘れ物でもしたのかと戸惑ったような表情の教授だったけれど、僕が優雨の同級生であることを告げると、その瞳に、僕に対する関心が宿ったのが分かった。

「お話の半分も理解できていたかどうか怪しいんですけど、なんというか、すごく感動しました。今までぼんやりした違和感だったものに、はっきりとした答えが得られたような気分です」

僕は言った。

「ありがとう。君のような若い人がひとりでもそう感じてくれたのならば、今日の講演の意義はあったと言える」

小野田教授は、肩に掛けたビジネスバッグのストラップの位置を直しながら、左手を伸ばしてきた。

「あ、ありがとうございます」

大人に握手を求められるなんて初めてのことだ。

「小嶺くん、今のうちからたくさんのことを学びなさい。講演の中では詰め込み式の勉強を非難したけれど、それが必要な時期もある。君や優雨にとっては今がその時期だ」

教授の手から、何か熱いものが注ぎこまれたような気がした。

大型の台風が近づいていた。

ホテルで働くようになってから天気予報の見方が変わった。

部活をやっていた頃の天候の影響といえば試合が順延になることとか、練習場所が屋内になることぐらいだったけれど、ホテルでは、ホテル内で過ごそうとするゲストが増えて、レストラン、バーなどの飲食部門をはじめ、ジムやプールなどの室内施設が混雑するため、業務上も、そして収益の面からも大きな影響があるのだ。

バイトの身ではあっても、社員の大人たちの会話やそわそわした雰囲気に感化されて、僕は天候を意識するようになっていた。

スマホで台風の進路予想を眺めていると優雨からLINEが入った。

「木曜日ってバイト入ってる？　カラオケに行かない？」

「バイトは入ってないけど、天気予報だと台風直撃らしいっすよ」僕は即レスをした。

「雨の日はお兄ちゃんがずっと家にいるから、むしろ出かけたい」

「お兄さん、雨の音は大丈夫なの？」

「苦手なのは人の話し声や雑踏みたいな不規則にいろんな音が混ざった音。雨のような連続的で単調な音はむしろ落ち着くみたい。だから雨は強いほど良いの。普段は図書館に出かけるんだけど、雨の日は家にいる」

「ふーん、そんなもんか。じゃあ『ヴォイス・フレンド』に二時でどう？」

『ラジャー』という吹き出しが付いたスタンプが返ってきた。

木曜日は予報どおり朝から強い雨が降っていた。

自宅の玄関を出て傘を広げていると、父さんが庭で雨合羽を着て何か作業をしていた。

「バイトか？」僕の姿を認めた父さんが声をかけてきた。

「いや、今日は休み。図書館で勉強でもしようかと思って」

午前中を図書館で過ごし、午後から優雨とカラオケに行こうと思っていたので、あながち嘘ではない。

「父さんは？　雨の中でどうしたの？」

「台風が来るっていうんで、コイツは危ないから取り外しておこうと思ってな。と言うかもう要らないだろう。中古屋にでも売っ払うぞ」

手には工具のドライバーが握られていた。父さんが撤去しようとしていたのは、庭に据え置かれた、バッティング練習用の防球ネットだ。このネットに向かって何千球、いや、何万球というトスバッティングを父さんとやってきたことだろう。

父さんには野球部を辞めた本当の理由を話していない。チームメートにハブられたなんて言ったら、怒り狂って学校に乗り込んで、より大きなトラブルになりかねない。そうしたら野球部どころか学校にすら居づらくなってしまう。

父さんには、自分の実力の限界を感じたのだと話し、押し切った。

「売っ払ってもいいよな？」

念を押す父さんに僕は力無く頷いた。

「そっか。しょうがねぇな」

歩きはじめた僕の背中に雨音に混ざった父さんの声が刺さった。傘を差しているのにずぶ濡れのような気分で僕は駅に向かった。

不要不急の外出は避けるようにとの気象庁の呼びかけがあったせいか、街にいつもの賑わいはなく、目に入るのは、こんな日に仕事なんて最悪だよと不機嫌そうな顔をした大人たちばかりだった。風も出てきていて、駅から『ヴォイス・フレンド』までの数分間にも、傘のガードをすり抜けた雨が僕のTシャツを濡らした。

優雨は、いつものように立て続けに七曲を歌った。僕がリモコンを操作したのは最初のときだけで、二回目から優雨は操作方法を覚えて自分で曲を入れるようになったので、「今日も盛り上がっていくよー！」と上機嫌な優雨のかたわらで僕はますます手持ち無沙汰になった。そうかと言って僕がスマホを弄っていると優雨は「こら、小嶺っ、注目っ！」と担任のタナカを真似てケリを入れてくるので油断がならないのだった。

七曲を歌い終え、喉を鳴らしてカルピスを飲み干した優雨が僕のリュックを指差して「これ何？」と聞いてきた。夏休み中にふたりでカラオケに来るのはその日で四度目だったけれど、いつもの僕はリュックなどは携行していなかったのだ。

正直に言うと僕は、優雨にリュックのことを尋ねられるタイミングを待っていた。

「あ、勉強道具。オレもそろそろ本格的に大学の受験勉強を始めようかと思ってさ」

「すごーい。でも急にどうしたの？　さてはバイトに行き詰まっちゃった？」

「ちげぇよ」

僕はジンジャーエールを口に含んで少し間を置いた。

「オレ、T大学に行きたいんだ」

優雨の表情が変わった。

「優雨のお父さんってT大学の教授なんだろ？　マジですげぇよ。脳味噌まで筋肉のうちの親父とはエライ違いだよ。この間うちのホテルで講演会があってさ。痺れたんだよね。人生観変わったわ、マジで」

少しの沈黙のあと「ドリンクを取ってくる」と言って優雨が部屋を出ていった。

何か変なことでも言ったのだろうかと訝しく思っていると、ほどなく優雨が戻ってきた。ドリンクのお代わりに行ったというのになぜかグラスは空のままだ。

「小嶺くん、見て欲しいものがあるんだけど、引かないでね」ソファに座ると優雨が言った。

「なんかよく分かんないけど……。うん……」

優雨の表情にその意図を探ろうとしたけれど、何も読み取ることはできなかった。

溜息とも深呼吸ともとれる大きな息をしたあと、優雨はブラウスの左袖のボタンをゆっくりと外し、肘の辺りまでまくり上げた。

え？　うそ？　なんで？

優雨の左腕には、無数の、赤い、切り傷があったのだ。

僕の鼓動は早鳴った。優雨がいつも長袖ばかりを着ていたのはそういうことだったのか。

「それどうしたの？」

そう尋ねることに意味があるとは思えなかったけれど、何か話を繋いでいないと優雨が何処かへ消えてしまいそうな気がした。

「自分でやったの。リスカなんて、引くよね」優雨の声が遠くのほうから聞こえた。

「いや……」

それ以上だよ。

「あの人……、うちのお父さん、表向きはあんな格好良いことを言っているけど、お兄ちゃんにはもう絶望しているの。それでもちゃっかり同情を買うためのネタにはしているんだから卑劣とすら言える」

優雨は右腕の袖もまくり上げた。僕にはもうそれを真っ直ぐ見ることができない。

「そして、お兄ちゃんへの失望の反動で、私を思いどおりの道に進ませようと凄い執念なの。『そんな暇があるんだったら勉強をしろ』、『どうして父さんが言うとおりにできないんだ』って小さい頃から責められ続けてきた……」

優雨の言葉が途切れた。

あの小野田教授が自分の娘をここまで追い詰めるなんてにわかには信じ難かったけれど、目の前の光景が圧倒的な強引さで僕の疑念をねじ伏せた。

僕らの頭上でミラーボールが回っていた。

「もう疲れちゃった……。この世界から消えてなくなっちゃいたい」

僕はテーブルの上のリモコンとマイクを取った。

「歌うの?」

「ダメすか?」

「バカじゃないの?」

優雨を励ましたいとか、心の傷を癒してあげたいとか、そんな想いじゃないし、自分の歌にそんな大それたことができるとも思っていない。

前奏が始まった。

子どもの頃、野球の試合に向かう父さんの車の中でよく聴いていた曲で、いわば僕の勝負曲だった。いつかプロに入ったらこの曲に送られてバッターボックスに向かうのだと思っていた。

僕は立ち上がった。

「オレさ、バカみたいなデカイ声で大熱唱するからさ、声を上げて泣いていいよ」

どんな未来も　想像するだけでは辿り着けない
思い切って踏み出した　たった一歩で
怖がりながら伝えた　たった一言で
景色は変わる　どんな未来も

僕が歌っている間、優雨は泣いていた。赤ん坊のように。それ以外には感情の表し方を知らないというような真っ直ぐさで。

僕は、優雨が赤ん坊に戻って、全てをやり直せたら良いのに、そう思いながら声を枯らした。


カラオケ店を出ると、風雨はいっそう強くなっており、電車がY駅より先で運休になっていた。

僕らは取りあえず、ちょうどよく到着した電車に乗った。ほどなく大きな川を渡る陸橋に差しかかると電車は徐行運転となり、乗り合わせた乗客達から驚きの声が漏れた。見慣れた河川敷の景色が一変していたのだ。遊歩道もドッグランも野球グラウンドも水没し、電車が水上を走っているのではないかと思われるほどに水位が上昇していた。

「怖い……」優雨が僕のリュックのストラップを掴んだ。

時刻はまだ午後四時半を過ぎたばかりだというのに、辺りは夕闇に包まれたようになっていた。Y駅まで来てみたけれど、そのあと自宅までどうやって帰るのか僕には考えがなかった。駅ナカのカフェは僕と同じような境遇の人たちでごった返していたし、駅前の繁華街の店の多くは台風の接近を見越して臨時休業をしていた。

「うちに来る?」

駅の出口で空を見上げ、途方に暮れていた僕の背後から優雨が言った。

「お父さんは大学、お母さんは市役所で働いていて、いつも七時半過ぎないと帰ってこないし、お兄ちゃんは部屋に篭りきりだから、二時間くらいなら時間潰せるよ。その間に電車が復旧するかも知れないし」

そして最後に「それに……、不安だから誰かに一緒に居て欲しいの」と消え入るような声で付け加えた。

優雨の家は、駅から徒歩十分ほどの住宅街の一角にあった。細部までこだわりを持ってデザインされたことが分かる瀟洒な二階建ての住宅だった。数区画先には電車の中から見えた堤防があり、優雨の家の裏側から地形は斜面になって階段状に住宅が連なっていた。

「部屋を片付けてくるからここで少し待っててね」玄関に入ったところで優雨が言った。

階段を登って二階に姿を消した優雨を見送ったあと、ぼんやりと玄関を見回していると、靴箱の上の、そこにあることが馴染まない物体に目が留まった。

優雨の兄さんのヘッドフォンだ。

僕はそっと手に取り自分の頭に被せてみた。

その瞬間、すべての音が消えた。

戸外の大きな雨音も、優雨が部屋を片付けていると思われる二階の物音も聞こえなくなった。

無音室に閉じ込められたような不安感を覚え僕はヘッドフォンを外した。

これが、優雨の兄さんが居る世界なのか。

ヘッドフォンを元の場所に戻そうとして、僕は途中で手を止めた。そして、衝動的に靴箱の扉を開け、最も見つかりにくい奥のほうに隠し入れた。

発達障害が脳の異常ではなくて、左利きと右利きの違いくらいならば、訓練で克服が可能なのではないか。ヘッドフォンがあると思うから、それに頼ってしまうのであって、無い状況に対峙することで心が鍛錬されるのだと僕は思ったのだ。

お兄さんさえしっかりしてくれれば、優雨の負担はずっと軽くなるはずだ。

二階から戻ってきた優雨に「どうぞ」と言われ、靴を脱ぎ、家に上がったと同時に、僕の背後で勢いよく玄関ドアが開いた。

小野田教授だった。

「君は？」教授が驚いたように言った。

焦ったけれど「先日ホテルでご挨拶をした優雨さんの同級生の小嶺です」と、なんとか普通に話すことができた。

「ああ・・・。しかし何で君が？　まあ良い。話はあとだ。優雨、雅博は自室か？」

優雨が頷いた。顔が青ざめている。

「何をこんなところでノンビリしているんだ。お前たちはこの地域に避難指示が出ているのを知らないのか？　このままではもうすぐ堤防が決壊する。何度も携帯電話にも連絡をしたんだぞ！」教授が怒鳴った。

「車で避難するぞ！　すぐに支度をしろ！　母さんは災害対応で市役所に缶詰だ！　荷物は必要最小限にな！」

優雨は慌てて階段を登った。

僕はもうこの場に居るべきではなかった。スマホで自宅に電話を掛けると母が出た。

僕は、図書館からの帰り道に偶然一緒になった友達の家で雨宿りをしているが、Y駅まで迎えに来て欲しいと、小野田教授にも聞こえるような声で手短に話し、電話を切った。

そして再び靴を履いて傘を手に持ち、「お邪魔しました」と告げ玄関ドアを開けた。

その瞬間、大量の水が一気に家の中に流れ入ってきた。

「あー！」僕はバランスを崩し、三和土に尻餅をついた。

「まずい！　もう来たか！　優雨！　雅博！　急ぐんだ！」教授が二階に向かって叫んだ。

僕はすぐに立ち上がった。けれど水位はもうくるぶしの辺りまで来ていた。そしてさらにどんどん上がってきている。

「外に出るのは無理じゃないですか？」僕は教授に言った。

「ああ、だから言わんこっちゃない！」

僕と教授は水から逃れるため階段を中程まで登った。それとほぼ同じタイミングで優雨と兄の雅博が二階から降りてきた。

「え？　嘘」ふたりは自宅に水が押し寄せている光景に言葉を失っていた。

「車で避難するのはもう無理だ」教授が言った。「二階から裏の道路に脱出できないか考えよう」

小野田邸は、階段状に連なる住宅街の一番下に位置するところに建っており、家の裏側のちょうど二階の窓の高さに道路が通っていたのだ。

僕らは教授に促され階段を登り始めたのだけれど、雅博だけがその場を動こうとしなかった。

「雅博、どうした？」教授が言った。

「へ、ヘッドフォンを持っていかないと……」雅博が弱々しく答えた。

「急げ！　靴箱もじきに水没するぞ！」

「いや、靴箱の上に置いていたはずなのに、無いんだ……」

僕は自分のしたことの重大さに気がついた。玄関を見下ろすと靴箱はもう、扉の取っ手が見えなくなるくらいまで水没している。

僕は階段を降りて水に入った。けれど水流に押されて靴箱に近づくことすらできない。

「小嶺くん、どうしたの？　危ないってば！」優雨が叫んだ。

「ごめん、オレがヘッドフォンを靴箱に隠しちゃったんだ」

「え？」

「お兄さんの頑張りを引き出したいって思っただけなんだ……」

そう言いながら僕は水の中を進もうとしたけれど、洪水の勢いは想像を超えていた。僕は水流に足を取られ転びそうになり、間一髪で階段の手すりに掴まって持ちこたえた。

「何それ、信じられない！　だから筋肉バカは嫌いなのよ！　それじゃあ、お父さんのやってることと大して変わらないじゃない！」優雨が叫んだ。

「は？　何が言いたいんだ、優雨！」教授が応酬した。

僕は手すりにしがみついたまま階段を見上げた。

青ざめた雅博と、紅潮した教授、そして涙目の優雨がいた。

僕の下半身は水に浸かっていて、身体を上手くコントロールすることができなくなっていた。するとと雅博が降りてきて、手すりにしがみつく僕の身体に両手を回し引き上げた。そして今度は自分が水に入っていこうとした。

「やめろ！　無理だ、水流がハンパない」

今度は僕が雅博の腕を掴んだ。

こうしている間にも水位はどんどん上がってきていた。

「好きにしろ、私は先に行く」教授の姿が階段の先の廊下に消えた。

僕は立ち上がって階段を駆け上り、教授に追い付き肩を掴んだ。

「おい、ちょっと待てよ！　あんたまさか息子を置き去りにしようとか、ちょっとでも思ったんじゃないだろうな！」

「うるさい！　お前に何が分かる！」教授が僕の腕を払った。

「あんた、そうやってずっと子どもを自分のエゴの犠牲にしてきたんだろ！」

僕は教授の胸ぐらを掴んで揺さぶった。

「知ったふうなこと言うな！　この状況だって自分たちで招いたようなものじゃないか。私がちゃんと導かなければ雅博も優雨も誤った方向に行ってしまうんだ。それなのにこっちは、発達障害のせいで親の育て方が悪いだの、甘やかし過ぎだのって非難され続けてきたんだ！　勝手なことばかり言いやがって！　もうたくさんなんだよ！」

教授が僕を突き飛ばした。足が濡れて踏ん張りがきかない僕は壁に頭を打って転んだ。

「大丈夫？」優雨が駆け寄ってきて、起き上がろうとする僕に手を添えた。

「お父さんは、お兄ちゃんと私に勉強とか世の中の厳しさとか、たくさんのことを教えてくれたけど、一番大事なことは教えてくれなかった」

「一番大事なこと？」教授が言った。

「自分を好きになるってこと」

優雨が立ち上がって教授を真っ直ぐに見た。その表情に、強い意志というか凄みのようなものを僕は感じた。

教授はそれには応えず、ただ驚いた表情で優雨を見返しただけだった。何も言わなかったのか、それとも言えなかったのかは分からない。

そこへ雅博が二階に駆け上がってきた。

「ど、どんどん水かさが上がってきてる。このままじゃ二階も飲み込まれるかも。ぼ、僕はヘッドフォンが無くても大丈夫だから早くここから避難しよう」身体が震えてはいるが、目に力があった。

小野田教授が、裏手の道路側に面した二階の廊下の窓を開けた。すると横殴りの雨がもの凄い勢いで室内に入り込んできて、教授はすぐに窓を閉めた。窓の高さより少し上方に道路のガードレールが見える。距離は五メートルくらいか。そして眼下では、堤防を越えてきた川の水が轟々と唸りを上げている。

「どうやって渡ったら良いんだ」教授が途方に暮れたように呟いた。

「ロープとかは?」僕は言った。

「無い。それにどうやって向こうとこちら側を結ぶんだ」

そうしているうちにも水位がさらに上がってきた。この勢いだと、やがて二階も水没するかもしれない。

そのとき僕の携帯電話が鳴った。父さんからだった。

「母さんから連絡があって、Y駅の近くまで迎えに来たぞ。何処で拾ったら良い?」

僕は父さんに、優雨の家に取り残されていることを伝えた。

「よし、待ってろ! すぐ行く!」

五分ほどすると、廊下の窓に車のヘッドライトが映った。そして停まった車の中から父さんが降りてきた。僕は窓を開け大きく手を振った。

「何人取り残されてる?」父さんが叫ぶように言った。声を張り上げないと雨音にかき消されてしまう。

「オレを含めて四人！　ロープとかはある？」

「任せておけ！」

父さんがミニバンの後方に回り込んで荷室を開けた。

取り出したのは、今朝自宅の庭で撤去していたバッティング練習用の防球ネットだった。

「リサイクルショップに行ったんだけどな。いざとなったらやっぱり手放せなくなってな」そう言って父さんは大きな声で笑った。

道路に広げられたネットは、縦二メートル、横三メートルほどの大きさがあった。けれど家と道路を繋ぐには長さが足りない。

「よし、半分に切って縦に繋ぐぞ。そしたら充分な長さになる」父さんが言った。「拓海、カッターは無いか？」

「え？　良いの？　切っちゃって」

「他に方法があるのか？　オレが野球を通してお前に一番学んで欲しかったことは『転んでもタダでは起きるな』、そして『最後まで絶対に諦めるな』ってことだ。今がそのときだぞ！　拓海！」

僕は後ろを振り返り、不安げな表情で立ちすくんでいる優雨を見た。

「優雨、カッターだ。カッターを貸して！　それにタオルも！」

「え？」

「持ってるはずだろ！」

優雨は、はっとした表情で自室に入っていった。

野球を諦めた僕の防球ネットと、優雨の身体を傷付けてきたカッターが、僕らを救うための、まさに命綱になろうとしていた。

すぐに優雨がカッターとタオルを持って戻ってきた。僕はカッターをタオルに包み、それをボール状に丸めて結んだ。

「父さん、カッターを投げるよ！」

「ああ、キャッチボールなんて久しぶりだな！」

僕は、滑って転ばないように靴下を脱ぐと、窓から数歩下がり、構えて待つ父さんの胸元に狙いを定め大きく振りかぶった。

ツーアウト、ランナー二塁。センター前ヒットの打球を捕球したあとノーバウンドの送球でランナーを本塁で刺すイメージだ。

丸めたタオルは、吸い寄せられるように真っ直ぐ父さんの胸元に届いた。

「ナイスボール！」

そのあと続いて、切り分けたネットを繋ぎ結ぶためのビニール紐も投げ渡した。

「少し待ってろ」

父さんの作業は五分ほどで終わった。

父さんはビニール紐のロールを僕に投げ返してきた。紐がネットの端に結び付けてあり、僕が紐を手繰り寄せればネットを掴める仕掛けだ。これでなんとか道路と小野田邸を繋ぐ網状の橋ができそうだ。

「よっしゃ！　ネットの端を家の何処かに結び付けられるか？」

防球ネットには、支柱に結びつけるための短い紐がいくつも付いていた。父さんはそれをガードレールの支柱に結んだ。僕はネットの網目にビニール紐を通し、帆を張るようにして、一階からの吹き抜けの、格子状の壁に結びつけた。

ちょうどアスレチック競技の仕掛けにあるようなネットが家と道路の間に張られた。

「さあ順番にひとりずつ行こう」僕が言った。

女性である優雨を最初に行かせたいところだったけれど、ネットの強度がどれほどなのか分からない中だったから、先頭は実験台となることを意味する。失敗すれば洪水に飲み込まれることになるのだ。

「私が行く」小野田教授が言った。

誰も反対をしなかった。

四つん這いになって小野田教授がゆっくりとネットの上を進み始めた。急ごしらえの不安定さと強風が相まって予想以上にネットは揺れた。できるだけ揺れを抑えるために家側の僕ら三人はネットを手で押さえた。何度かバランスを崩しそうになりながらも、なんとか教授は道路側に渡り切った。

「落ち着いて渡れば大丈夫だ！」教授が手を振った。

次に優雨が、続いて雅博が無事に渡った。

最後に僕だ。前の三人と同じように僕も四つん這いになってネットに上った。家側に立って押さえる人がいなくなったネットは、優雨たち三人のときよりも激しく揺れた。

「大丈夫だ！　ゆっくりでいいぞ！」暴風雨を割いて父さんの声が届いた。

半分辺りまで進んだときだった。

「あー！」

落とし穴に落とされたような感覚だった。家側のビニール紐が切れたか、解けたかして、僕は一瞬にして水中に落下した。

それでもなんとかネットを持つ手は離さず持ち堪えた。僕はすぐに這い上がろうとしたけれど、あまりに水の流れは速く、片手を離せば一気に身体が持っていかれそうで、ネットにしがみついているのがやっとだった。

呼吸ができず、口の中に水がどんどん入ってきた。目も開けられない。意識が遠くなりかけたとき、身体が上に登る感覚に僕は呼び戻された。

ほどなく僕の身体は水面に浮上した。目を開けると、道路の上で、父さん、小野田教授、雅博、そして優雨の四人がネットを引き上げようとしている。

四人が皆叫んでいた。声が重なって誰が何を言っているのか分からなかったけれど、バラバラのそれらは「すぐに助けるから、絶対に手を離すなよ！」という願いを編んだ一本の強靭な綱となって、僕を繋ぎ止めた

父さんのミニバンのワイパーが、これまで見たこともないスピードでフロントガラスを行ったり来たりしていた。それでも視界は、走行に極度の緊張をもたらすほどに不良だ。

僕らはずぶ濡れで、危機から脱することのできた後の放心状態にあり、みな無言だった。

「この先の小学校が避難場所になってます。まずはそこに向かいますよ」ハンドルを握る父さんが言った。

誰も何も言わなかった。無言が肯定を意味していた。

数分後、小学校の校門を入ったときだった。

「あの、すみません」後部座席に座っていた小野田教授が言った。「雅博は、人混みが苦手なん

です。避難所での生活にはきっと耐えられない……。どこかビジネスホテルにでも連れて行ってくれませんか？」

雅博を守ってくれるヘッドフォンが今はない。僕のせいだ。

僕は自分が働くホテルのことを思い浮かべた。せめてもの罪滅ぼしに僕が手配をして、宿泊料はバイト代から差し引いてもらっても良い。

「じゃあ……」、「ならば……」

僕と父さんの声が重なった。

「うちに来ますか？　狭苦しい家ですが、最近は家族の会話もさっぱりだから、静かさは保証できますよ」父さんが笑った。

「ああ、それは助かります。本当にありがとうございます」小野田教授が深く頭を下げた。

「じゃあ、向かいますよ。拓海、ムードが落ちているから、何か音楽をかけろよ。いつものガチャガチャしたのはダメだぞ」車を方向転換させながら父さんが言った。

「じゃあクラシック音楽かな。ほとんど聴いたことはないけど」

僕はスマホのインターネットラジオでクラシック音楽専門チャンネルを選局し、ブルートゥース機能で車のスピーカーに繋いだ。

すぐに、いくつもの弦楽器の音が重なった力強い旋律が流れた。

「レオポルド・ストコフスキー指揮、ニューフィルハーモニア管弦楽団で、ムソルグスキーの組曲『展覧会の絵』だ」

そう言ったのは雅博だった。

え？　皆が顔を見合わせた。

「分かるの？」優雨が隣に座る雅博の顔を覗き込んだ。

「何度も聴いたから。クラシックの名演と呼ばれるものなら大体分かるよ」

僕はスマホ画面を見た。雅博の言うとおりだった。それならばと別の曲を流してみた。

「マーラーの交響曲五番。フォン・カラヤンの指揮で、ベルリン・フィルハーモニー管弦楽団の一九七三年の演奏だ」

雅博は始めの数小節ですぐに言い当てた。

一番驚いた顔をしていたのは小野田教授だった。

「雅博、お前・・・」そう言ったきり言葉を紡ぐことができなかった。

ヘッドフォンで外界を遮断していた雅博は、決して無音の孤独の中にいたわけではなかった。彼は彼なりのやり方で豊かな経験を積んでいたのだ。

「五番と言えばオレの中では清原だけどな」父さんが言った。「マーラーとやらにもグッとくるものがあるな。この曲に送られてバッターボックスに入る、そんな野球があっても良いのかもな、拓海」

雨の音は遠ざかり、マーラーの交響曲五番だけが、街道を走るミニバンの車内を包んでいた。

拓海の話が終わったあと、広岡香帆はすぐに言葉を返すことができなかった。

しばしの沈黙のあと「今夜のコンサートの指揮者というのはひょっとして……」ようやく香帆が口を開いた。

拓海は胸ポケットから二枚のコンサートチケットを取り出し、テーブルの上に置いた。『シンフォニエッタ東北　指揮・小野田雅博』と書いてある。

何がきっかけとなり、何処にヒントが転がっているか分からない。香帆は、人生の奥深さに胸が熱くなった。

「優雨さんとその後は？」

香帆は一番聴きたかったことを尋ねた。

「あの台風の夜以後は一度も会っていない」

「え？」意外な答えだった。

「優雨は夏休みが終わるとすぐに学校を自主退学したんだ」

香帆は言葉を失った。

「お兄さんのヘッドフォンを隠したことで僕は優雨を酷く怒らせ、失望させてしまった」

「でも……」

「みんなで力を合わせて危機から脱出した、そういうことで帳消しになるようなことではないと僕は思う」

香帆の言葉を先回りして拓海が言った。

「優雨が学校を辞めたあともLINEの友だち登録は削除されなかった。だから何度かメッセージを送ったこともあったんだ。わりとすぐに〝既読〟にはなるんだけど、レスが来ることは一度もなかったよ。そのうち僕は〝既読〟そのものが、『元気にしています』っていう優雨の返答なんだと、考え方を切り替えたんだ」

香帆は通りの向こうに目をやった。もうコンサートホールの入口付近には誰もいない。

「コンサートのポスターを街で見かけたとき、僕は居ても立ってもいられなくなった。すぐにチケットを二枚買って優雨にメッセージを送ったんだ。確証も無いのに一緒に行こうと思ってね」

「返事はあったんですか？」

「いいや」拓海は首を横に振った。「今回も〝既読〟になっただけだ。一縷の望みを持って来てみたんだけど」

そこまで言うと拓海は腕時計を見た。

「やはりもう来ないな・・・」

気持ちに整理をつけるように、拓海はグラスの底に少しだけ残っていたビールを一気に飲み干した。

「そうだ、広岡さん、良かったら一緒にコンサートに行きませんか?」拓海が言った。

「え?」思わぬ申し出だった。

「もう半分以上終わっちゃったと思うんだけど、僕が一番聴きたかった演奏にはまだ間に合う」

香帆は拓海の瞳をのぞき込んだ。

「マーラーの交響曲五番です」拓海が笑顔で言った。こんな清々しい表情は、今夜初めてだ。

「私がそのチケットを譲ってもらって良いんでしょうか?」

「是非に、とお願いしたいくらいです」

拓海がテーブルの上のチケットを、香帆の目の前まで滑らせてきた。

香帆はチケットをじっと見た。こんなことでもなければ自分はクラシック音楽のコンサートを聴きに行くことなどないだろう。

思いがけぬ偶然の出会いと成り行きに、人生の再スタートを委ねてみるのも悪くないのかもしれない。

香帆はチケットを手に取った。

「そう言えば、一度だけ優雨を見かけたことがあるんだ」拓海が言った。

「本当ですか?」

「就職一年目の夏だったから、今から五年前、営業の外回りのときだった。反対側の歩道を歩く優雨を見かけたんだ。高校二年生のときから七年近くが経ち、彼女はだいぶ大人になっていたし、綺麗にもなっていた。けれど見た瞬間に優雨だと分かったよ」

「話しかけたりは?」

「いや、僕は仕事中で、上司と一緒だったからね」

「ああ……」香帆は自分のことのように落胆した。

「でも、ひとつだけ……」拓海が言葉を紡いだ。

「え? 何かあったんですか?」

香帆が再び身を乗り出した。

「優雨は、半袖のカットソーを着ていたんだよ」

香帆は天を仰いだ。

陸上競技場で何度も流してきたものとは違う種類の涙が、香帆の頬を伝った。

ピンク

五年前に別れた元妻に、今夜、久しぶりに会う。

小島雄平は、定時で仕事を切り上げ、同僚の誘いもやんわり断り、そそくさと会社をあとにした。

元妻、景子から電話があったのは三日前のことだ。

「折り入って話があるの。できるだけ早く会えないかな」

五年振りの電話にしては率直な誘いだ。

しかし、雄平に何か期待めいたことを考える暇も与えず「紗希のことで相談があるの」と、娘に関する要件であることを付け加え、予防線を張った。こうした隙の無さは相変わらずだ。

雄平のほうに復縁に対する期待がまったくないと言えば嘘になる。そもそも五年前、離婚を強く望んだのは景子のほうだ。結婚をして三十歳も過ぎ、子育て真っ最中というときに、自分探しがしたくなったらしい。

もっともその原因を作ったのは、家庭のことをすべて妻に任せきりにして、適当に外で遊んでいた自分にあるということも雄平には痛いくらい分かっていた。

待合わせ場所としたカフェまでの道すがら、そんな記憶を反芻していると、不意にひとつの疑問が浮かんできた。

景子のことをなんて呼んだら良いんだ？

『景子』は馴れ馴れしく、『君』では気取り過ぎだ。やはりここは旧姓の『平田さん』か。そう思った途端に緊張感が増してきた。

「急に呼び出してごめんなさい」

先に到着していた景子は、雄平の姿を認めると立ち上がって頭を下げた。

困ったような笑みを浮かべる景子の姿に、雄平の心は微かな動揺を覚えた。付き合いはじめた頃に、同じセリフを景子から聞いたことがあったような気もする。

「営業部に長く居て鍛えられたのは、急な事態でも平常心で対応できるメンタルの強さだよ」

雄平は景子の向かいの席に座った。

「ふふふ。ありがと」

景子は青と白のストライプシャツに、グレーのロングカーディガンを羽織り、ボトムには、ゆったりとしたシルエットのスカートを合せていた。

年齢と経験に見合う色香を景子は獲得しているようだ。雄平は、これからの数十分が今後の自分の人生を左右する重要な局面になることを予感し気を引き締めた。

「元気そうで何より」

景子が雄平をまっすぐに見た。

「変わらな……」ふたりの言葉が重なった。

「ふふふ」、「ははは」

ふたりはそれぞれのマグカップを口に運んで、少しの間を取った。店内は、金曜の夕暮れ時の解放感に包まれている。

「相変わらず忙しくしているの？」景子が尋ねた。

「ああ。ご多分に漏れず、郊外型大型店の波に押されて、百貨店はその存在自体が危ぶまれているからね。業界全体がピリピリしてるよ」

雄平は、国内に二十数店舗を抱える老舗百貨店の本社営業部で働いていた。

一緒に暮らしていたときだってこんなふうに仕事の話なんてしたことがないのに不思議なものだ。でも、悪くはない。

「オレさ、去年課長代理になったんだ。数年後には課長のポストも見えてきた」

「へえ、おめでとう」

景子が目尻を下げた。

「こういう状況だからこそ、次の五十年、百年に繋がる大事な仕事ができる絶好のチャンスだと思うんだ」。

景子が雄平の言葉一つひとつに頷いている。

「良かった」景子が噛みしめるように言った。「私が押し切る形で別れたようなものだったから……。本当に元気そうで何より」

そう言ったあと景子は、目線を店内の賑わいに向け、深い考えに沈むように黙り込んだ。

「平田さんも元気そうだね」

思っていたより自然に言えたことに雄平は内心でほっとした。

しかし、景子のほうが表情を曇らせた。そして少しの沈黙のあと、申し訳なさそうな表情で口を開いた。

「私、去年の秋に再婚をしたの」

マグカップを口に運びかけた雄平の手が一瞬止まった。

「今の苗字は、『高階《たかしな》』って言います」

景子がそこだけていねい語になった。

「それは良かった。おめでとう……」

緊張を悟られないことばかりに気を取られて見落としていたけれど、景子の左手の薬指には、シルバーのリングが嵌められている。

次の瞬間、雄平にひとつの考えが浮かんだ。

「まさか紗希のことで相談って、再婚で紗希が邪魔になったってことじゃないよな」

「いいえ、まさか。誤解しないで」景子が雄平の言葉を遮った。「紗希と今の夫はうまくいってる。本当の親子以上に仲良しよ」

「……」

百貨店業界の前にオレの存在が消えそうだよ。雄平は居たたまれない気持ちになった。

「紗希の写真を見る?」

景子がバッグからタブレット端末を取り出した。

紗希には離婚以来一度も会っていない。紗希が成人して、自ら会いたいと言うまで会わない約束だ。養育費も景子は辞退した。

「いいのか?」

景子は、画面に人差し指を当てながら、小さく頷いた。

雄平は息を飲んだ。

「はい。小学五年生になった紗希よ」

景子がテーブルの上に置いたタブレット端末を、雄平はゆっくりと手に取った。

それはホテルのラウンジのような場所で撮られた写真だった。ソファに並んで座った景子と紗希がピースサインをしている。おそらくシャッターを切ったのは新しい父親なのだろう。

紗希の容貌からはすでに幼児の面影は消え、大人の艶やかさと翳りのようなものが宿っており、そして、肌が全体に黄色っぽくなっていた。

「美人さんだ。母親似で良かった」

「ありがとう」

「肌が黄色っぽく見えるのは照明の影響かな?」

「黄疸よ」

「え?」

雄平には、その言葉の意味をただちに理解することができなかった。

「紗希、肝臓が悪いの。写真では分からないけれど、腹水が溜まっていて、お腹も膨れているわ」念を押すように景子が言った。

「そんな……、バカな……」

雄平はあらためて写真を見た。肌の色が黄色っぽいこと以外、体調不良を暗示するようなものは何もない。

「去年の夏休みごろまでは何もなかったのよ」景子が話を続けた。「毎日のようにプールに通って、二十五メートル泳げるようになったって大喜びして。ピアノの発表会ではね、『難しい曲だからまだ早い』っていう先生のアドバイスを押し切って、猛練習してショパンの『ワルツ』を弾いたの……」

「病状は……。思わしくないのか?」

雄平が話を先へと促した。

「……」

無言から、雄平は言葉以上のものを感じ取った。

「オレにできることがあったら言ってくれ。治療費だったらできる限りのことはする」

雄平がそう言い終わらぬうちに、景子がテーブルにこすりつけるように頭を下げた。

「お願い! あなたの肝臓の一部を紗希に分けてやって欲しいの」

翌日、眼が覚めたとき雄平は自室のベッドにいて、ひどい二日酔いだった。

景子と別れたあと、まっすぐ帰宅する気にはなれず夜の街へ繰り出した。

遮断しようとしても何度もざわつく、まとまりのない思考を振り払うために大音量のライブバーに入り、強い酒で喉を焼いた。やがて、ギターの歪んだ音が、雄平の思考と身体を引きはがし、雄平は記憶を失った。何時まで、どこで飲んでいたのかまったく記憶がない。

朝の八時。身体を引きずるようにしてリビングに入ると、エリカがスムージーを飲みながらテレビゲームをしていた。

「おはよう。ゆうべはすっごく酔ってたね」テレビ画面に顔を向けたままエリカが言った。

「ごめん。ぜんぜん覚えてないんだ」

雄平が頭を振りながら答えた。

「ゆうべは私もアフターが長くってさ。帰ってきたのは三時頃。雄ちゃんが帰ったのはそのすぐあとだったから別に良いんだけどさ。ま、背広ぐらいは自分で脱いで欲しいわな」

「そっか、わりぃ……。まずはシャワー浴びてくるわ」

雄平はバスルームに向かった。

エリカは目下のところ、関係があいまいな同居人だ。

はじめ、雄平はエリカが勤めるキャバクラの客のひとりだった。何度かアフターに連れ出しているうちに、このマンションへのお持ち帰りに成功したのだ。

一夜限りのことと雄平は思っていたのだが、太陽が高く上り、やがて翳り始めてもエリカはまったく出ていく気配がなかった。

エリカは雄平の本棚のコミックスを片っ端から読み、それに飽きるとＣＤを漁り始めた。ほとんどは一曲目の、それも途中まででで再生をストップさせていたのだけれど、何が気に入ったのか、レニー・クラヴィッツだけは、「このおっさん、キモい」と言いながら何度もリピートして聴いていた。

雄平のほうは、エリカにはお構いなしに、休日はいつもそうしているように一週分の溜まった洗濯をし、録画していたイタリア・リーグのサッカー中継を観て、インターネットの通信販売サイトでいくつかの買い物をした。

「夕飯はどうする?」

午後六時を過ぎても腰を上げる気配がないエリカを見て雄平が尋ねると、エリカは「洗面所、貸して。メイク落としてすっぴんになっていい?」と言ってリビングを出ていった。

数分後、洗面所から出てきたエリカは、「私、カレシと別れたばっかで棲むとこないんだ。次の男ができるまでここに居てていい?」と言った。

意図的であったとは思えないけれど、メイクを落として、公家のように短くなった眉毛と、詐欺レベルで小さくしぼんだ眼には、窮状を訴えるに十分な切迫感があった。

それでもなぜか雄平には、素顔のほうが魅力的に思えた。

スーパーマリオの得点を競い、ワインボトルを空け、気分が盛り上がればときどきセックスをする。それがここでのふたりの日常だ。

エリカという名前もキャバクラの源氏名のままだから、おそらく本名ではないだろう。エリカも明かさないし雄平も尋ねない。年齢だって少なく見積もって十五歳は離れている。

本名を知ることで、向き合うことに迫られる何かを雄平は避け続けていた。

「雄ちゃん、なんかあった？」

バスルームの扉の外からエリカの声がした。雄平は浅く湯を張ったバスタブに寝そべっていた。

「旧い知り合いに会ったんだけど、再婚したとか、子どもが病気だとか、重い話をいろいろ聞かされてさ……」

「ふーん……」

少しの間、物音も声もしなくなったので、雄平が扉のほうに眼を向けると、すりガラスの向こうに膝を抱えて座るエリカのシルエットがまだあった。

「ねぇ私もそっちに入っていい？」

沈黙を破ってエリカが言った。

「やめとけ、オレまだすっげぇ酒くせぇぞ」

「ちぇ」

ふたたび短い沈黙が流れた。

「雄ちゃんさ、私、マリオのハイスコア更新したよ」

「おっ、すげえじゃん」

「ねぇねぇ、雄ちゃんさ」

「なんだよ、さっきから」

「今日で、私がここに来てから一年になんだよ」

へえそうか。でもそれは、前のカレシと別れてから一年経つってことだろ。そう言いかけて止め、お湯を掬って顔をこすった。

「そうだ、記念のプレゼントが欲しいな」エリカの声がにわかに生気を帯びた。「フェンディのピンク色のバッグを買ってよ」

「そんなもん、カネを持ってる客に買ってもらえよ」雄平が面倒くさそうに応えた。

「記念なんだから、雄ちゃんに買ってもらわなきゃ意味がないじゃん」

そう言うと同時にバスルームの扉を開けたエリカは、洋服をすべて脱ぎ、裸で立っていた。


四日後の夕方、雄平は大学病院の待合ロビーにいた。景子に、まずは主治医の話だけでも聞いて欲しいと言われてのことだ。

外来が落ち着いた時間と見えて辺りは閑散としていた。

雄平はスマートフォンを取り出して紗希の写真を開いた。五年前、家族最後の日に撮ったものだ。

その日の昼、雄平、景子、紗希の三人はファミリーレストランで食事をした。紗希のお気に入りであり、家族で何度も行ったその店で、最後の時間を過ごしたのだ。紗希にはすでに明日から別々に暮らすことを伝えていた。

食事をしている間、雄平と景子は、九州で起きた豪雨災害のことや、ふたりが好きな作家の新刊のことなどを話した。ふたりとも明日に繋がる話題を慎重に避けていた。

途中、アルバイトと思われる女性店員がテーブルの脇にやってきた。小さい子ども連れの家族向けキャンペーンを実施中だというのだ。

「期間中に三度ご来店の上、指定のメニューをご注文いただけますと、お好みのデザートがサービスになります。ぜひいかがですかー？」

店員が、芝居がかった仕草と笑みでスタンプカードを差し出した。

紗希が、雄平と景子の顔を交互に見た。

雄平が「いえ、結構です」と辞退すると、紗希はふたたび下を向いて箸を動かし始めた。

食事も終わりに近づいた頃、景子がトイレに立った。普段は食事中に席を立つことはないから、雄平に紗希とふたりだけの時間を作ってくれたのだろう。

「紗希、写真を撮ろう」

雄平がスマートフォンを構えた。

紗希は、カメラ目線でピースサインをしたけれど、表情は今にも泣き出しそうだった。

雄平は一度スマートフォンを置いた。

「紗希、良いおまじないを教えてあげようか。手を貸してごらん」

紗希が差し出した手を雄平が取った。

「お父さん指とお母さん指、そして赤ちゃん指を立てて、お兄さん指とお姉さん指は握ったままにするんだ。この手の形は英語の『アイラブユー』、日本語では『アイシテル』というサインなんだよ」

紗希が、雄平の言葉の一つひとつに小さく頷いている。

「パパに会いたくなったら、このサインを作ってごらん。紗希からのメッセージは必ずパパにも届く。どんなに離れていても心をひとつにしてくれるおまじないのサインだ」

「うん。紗希がおまじないをしたらパパもやってね」

紗希が自分でサインを作りながら言った。

「ああ、もちろんだ。さあ、このポーズで写真を撮ろう」

ほんの少し笑顔が戻った紗希が、スマートフォンと、雄平の心の奥に保存された。

トイレから戻った景子は、少しすると「じゃあ私たちはそろそろ」と立ち上がった。

「そうか……」

伝票を取ろうとする雄平を景子が制した。

「ここは私に持たせて。見送りやセレモニーはナシにして、ここでお別れにしましょう」

雄平に何か言わせる隙を与えず、景子は背中を向けて歩き始めた。

景子に手を引かれた紗希が、店の外に出るその前に、一度だけ振り返って雄平を見た。

テーブルの上には、紗希のハンバーグが半分以上残っていた。


「小島さん、お待たせいたしました」

『アイシテル』のサインを作った自分の手をじっと見つめ、紗希との記憶に耽っていた雄平は、看護師の声で西日が差し込む待合ロビーに引き戻された。

「主治医の吉井先生が、外来ではなく先生の執務室でお会いしたいとおっしゃっています。ご案内しますのでこちらへどうぞ」

雄平は立ち上がって看護師のあとに続いた。

外来の長い廊下を進んだ先の、『関係者以外立入禁止』と表示された扉を抜け、エレベータで五階まで上がった。

その間、看護師からは何も話しかけてこなかった。雄平は、何も会話がないのも気詰まりで話題を探したけれど、自分の臓器を重病の娘に提供することの是非について今から医者と話をしようとしている状況に馴染む、社交的な話題なんて見つかるはずもなかった。

エレベータを降りて、再び長い廊下を歩いた先に吉井医師の執務室はあった。

「吉井先生、小島さんをお連れしました」

看護師が、ドアをノックしながら言った。

すぐに中からドアが開いて、背広姿の吉井医師が顔を出した。

「どうぞ、ようこそいらっしゃいました。さあ、お入りください」

吉井医師は、旧い友人を迎え入れるような笑顔を湛え、握手まで求めてきた。年齢は自分と同じか少し上ぐらいだろう。

吉井医師の執務室は、専門書やファイルがびっしりと収納されたキャビネットが壁一面にあり、あとは事務用デスクと四人掛けの会議用テーブルで部屋の大半を占める質素なものだった。

雄平は吉井医師に促され、会議用テーブルの椅子に腰かけた。

「コーヒーと紅茶、どちらがよろしいですか？　どちらにしてもインスタントしかないんですがね」

笑いながら吉井が部屋の隅にある小ぶりのカップボードの前に立ち、準備を始めた。

「では、コーヒーをお願いします」

「かしこまりました。コーヒーふたつで」

吉井がコーヒーの瓶を手に取った。

「インスタントにも美味しく淹れるコツがありましてね。はじめに少量の水でコーヒーの粉末を溶くんですよ。そのあとに熱湯を注ぐと香りも味もぐんとよくなります」

「初めて聞きました」

雄平は、吉井の横顔を見た。

「私はこのコツを、アメリカ、ピッツバーグの病院へ手術に行ったときに友人の医師から教えてもらったんです。日本に帰ってきて、家族に自慢してやろうとしたんですが、『そんな手間をかけるんだったら、ドリップコーヒーのほうがいいじゃん』って、小学生の娘に一笑に付されましたよ。なるほど確かにその通りです」

吉井がコーヒーカップを雄平の前に置き、向かい合う形で自らも座った。

「私にも紗希ちゃんと同じ、五年生になる娘がいます」

吉井から紗希の名が発せられたことで、雄平の心は一瞬にして緊張を帯びた。

「私はこれまで五百例以上の移植手術を執刀してきました。医者の仕事は患者の命を救うことです。その立場から言うと、私は誰からでも、どんな形でも紗希ちゃんに肝臓を提供してくれる人、すなわちドナーが欲しい」

雄平の反応を窺がうように、吉井がそこで一度話を区切った。

雄平は小さく頷いて話の続きを待った。

「しかし、離婚によって別れた、実の父親がドナーになるというケースは扱ったことがありません。正直申し上げて私は、小島さんが紗希ちゃんのドナーになることについては、消極的なのです」

コーヒーカップに眼を落していた雄平が顔を上げて吉井の眼をまっすぐに見た。ドナーになることを説得されるものと思っていた雄平には、意外な言葉だった。

「生体移植は医療の問題であると同時に、家族の問題でもあるのです」

吉井が、そこではじめてコーヒーに口をつけ、うん、よし、というように頷いた。


日本の肝臓移植事情は、諸外国と比べ極めて特異だ。

世界では、脳死の人からの臓器提供が主流であり、健康な人からの生体肝移植は、それを補完するものとして捉えられている。

生体肝移植には、ごく例外的ではあるもののドナーの死亡例があり、また、強要や搾取を伴った金銭目当ての臓器売買に繋がるおそれもある。医学的にも、倫理的にもリスクが大きく忌避されてきたのだ。

これに対し日本は、過度に生体肝移植に依存している。その割合は全肝移植のうち実に九割以上を占めており、米国の状況とほぼ真逆なのだ。

「生体肝移植の大きな問題のひとつは、家族の中の誰かひとりがドナーになることによって生じる家族関係の変化です」吉井が話を続けた。

コーヒーカップの中はすでに空になっていたけれど、雄平は吉井の話に引き込まれ、聴き入っていた。

生体肝移植のドナーになることができるのは、移植学会が定めた倫理指針によって親族だけに限られている。加えて、年齢や血液型、肝臓に繋がる血管の大きさ、肝臓そのものの健康状態など多くの条件をクリアしていなければ、ドナーにはなれない。

雄平は景子から、紗希の新しい父親は血液型が適合せず、景子自身も健康上の理由でドナーとして不適格であると聞かされていた。

景子の両親はすでに高齢であり、景子には兄弟もいない。

ドナーとして頼れるのは雄平だけなのだ。

「ドナーが誰になるかという親族内の調整は、ともすれば家族愛の強制による軋轢を生んでしまうことがあります」

吉井の話がいよいよ核心に入ろうとしていることが雄平には分かった。

「以前、高齢である父親の肝臓移植のドナーを、その息子が引き受けようとしたことがありました。息子には妻と小学生の子どもがいたのですが、妻が『万が一のことがあったら誰が責任を取るのか。私たち家族を危険にさらしてまでお義父さんを救わなければならないなんて納得できない』と猛反対をしましてね。一方で父親側の親族は『なんて冷たい嫁なんだ』と非難囂々です。結局、手術は予定通り行われ成功したのですが、その家族には感情的なしこりが残ってしまいました」

「その点は大丈夫です。私にはトラブルが生じるような近親者はいませんから。両親も東北の田舎にいて、私が離婚したことで、孫と会わせる理由がなくなってからは、ろくに帰省もしていません」

雄平がはじめて吉井の話に言葉を挟んだ。

小さく頷いてから吉井が話を続けた。

「ドナーの肝臓は、三分の二くらいの大きさを残して切除します。切除した部分はおよそ一ヶ月で再生するのですが、再生するまでの間は黄疸が出たり、だるさが残ったりするため、家族のサポートが不可欠です。体力が戻るまでの二、三ヶ月は仕事を休んでいただく必要もあります。移植ドナーとしての適合性の判断には、身体的な要件だけでなく、サポート体制や社会的な環境も加味されます」

　そこで、吉井が一呼吸を置いた。

「コーヒーのお替りはどうですか？」

「いいえ、結構です。話を続けてください」

　雄平は先を促した。

「移植手術が成功したとしても、紗希ちゃんには、その後、長い戦いが待っています。移植された臓器に対する拒絶反応を抑えるため、免疫抑制剤を生涯飲み続けなければなりません。それにより免疫力が落ちますから、感染症にも細心の注意を払う必要があります。それでも十年生存率は七割程度です。死の恐怖と向き合いながら、患者さんとドナーが互いに敬意を払い、家族で支え合っていかなければ、多くの困難を乗り越えてはいけません」

　雄平は膝の上で、『アイシテル』のサインを作った。

「私が言うもの変ですが、生体移植とは、実に奇妙な医療です。ひとりの患者を治療するために、別の健康な人を傷付けるのですから」

　しばしの沈黙があった
　そして、吉井は少し迷ったような仕草を見せたあと、「ふたつの命と、家族という営みを預かる、責任の重い仕事だと肝に銘じながらメスを握っています」と付け加えた。

「私と景子……、いや高階さんは、紗希が成人して、自分から会いたいと言うまで、あの子とは会わない約束をしています」雄平が静かに口を開いた。

「うかがっています」吉井が頷いた。

「先日、高階さんに会って生体肝移植の話をされたとき、移植後もその約束は継続して欲しいと言われました」

「え？　どういうことですか？」

吉井が怪訝な表情になった。

「肝臓を提供してもらうことで、これまで五年間ずっと守ってきた約束を反故にしてしまうことは、肝臓で、紗希と会える権利を売買しているようなものではないか、というのが高階さんの主張でした」

「理屈では確かに……」吉井は眼を閉じ、天を仰いだ。「しかし、もし自分だったらと思うと、正直、私は受け入れられない……」

「新しいご主人に対する配慮もあったのではないかと私は思っています」雄平が言った。

心の中で自分と対話をするように、吉井が口元を引き締め何度も頷いた。

「小島さん、今回の件は、どうぞご自身の素直なお気持ちに従って判断をしてください。どんな結論であれ、私は同じひとりの父親として小島さんを支持しますし、医師として最善を尽くします」

「ありがとうございます」雄平が答えた。「実は、私は今日、先生に説得されるのだろうと思ってやって来ました」

吉井が意外そうな表情で小さく首を振った。

「紗希のためならば肝臓と言わず命だって差し出す覚悟がありますが、景子も主治医も、私にたかろうとしているのならば、啖呵でも切って少しばかりもったいぶってやろうと、それくらいのつもりでした」

「小島さん……」

「けれど、お話をうかがって考えが変わりました。仮に私が紗希のドナーになっても、家族として支え合っていけないのであれば、その意味において私は脳死ドナーと同じです。生ける脳死ドナーとして肝臓を提供することを受け入れられるのか、それが問われているのだと思ったのです」

一呼吸おいて、雄平は「少しだけ考える時間をいただけませんか」と付け加えた。

しばらく腕を組んで天井を見上げていた吉井がゆっくりと口を開いた。

「小島さん、来週の水曜日に私は生体肝移植の手術を執刀します。もし良かったら、その手術を見てみませんか?」

帰宅すると珍しくエリカがキッチンに立っていた。ということは、今日はキャバクラの仕事は休みということだ。

「ちょうど良かった。簡単にペペロンチーニを作ろうかと思ってたところなんだ。雄ちゃんも食べる?」

「お、頼もうかな」

漂うにんにくの香りに雄平は誘われた。

「ビールも飲むよね」

「あ、うん……。まず着替えてくるわ、オレ」

雄平は寝室に入り、背広を脱いでクローゼットに架けたあと、ベッドに腰を降ろした。

自然に大きな溜息が漏れる。家族のサポートに休養か……。今の自分にはもっとも難しい要請かもしれない。

雄平はあらためて部屋の中を見渡した。五年前、景子と紗希が出て行ったときから、洋服が少し入れ替わったくらいで、あまり変わったところはない。三LDKの広さをもて余し、引っ越そうと思ったのだけれど、いざ物件探しや荷物整理のことを考えると気が重くなった。

そうしているうちにエリカが棲み付いてしまったのだ。

それは雄平にとっても都合の良い面があったのだけれど、結局、いろんな問題を先送りにしてきただけなのかもしれない。

そろそろ潮時かもな。

そして雄平は、去年の暮れに電話をしたとき、「農作業がつらくなってきた」とぼやいていた実家の父と母のことを思い浮かべた。久しぶりに電話でもしてみようか。

「雄ちゃん、できたよー」

エリカの声が聞こえてきたので、雄平は手早く着替えてリビングに戻った。

すでにテーブルに料理がセットされていた。

「おつかれっーす」

雄平が席に付くとすぐにエリカがビールグラスを掲げた。そしてペペロンチーニを一口食べ、「んー、絶品!」と身体を震わせた。

雄平も口に運んでみる。パスタにしっかりとしたコシがあり、オリーブオイルとにんにくの香りがちょうど良いバランスで混ざり合っている。「絶品」は誇張ではない。

「うん、美味しいよ」雄平が言った。

すると、エリカが何か冊子のようなものを背中のほうから出し、テーブルの上をするすると滑らせて、雄平の目の前まで押し出してきた。

「何コレ？」

「フェンディのカタログ」

エリカが悪戯っぽく笑っている。

雄平はそれを手に取って、ぱらぱらとめくってみた。

「ポストイットを貼っているページを見てよ。そこにあるピンクのバッグ。可愛いでしょ？

雄ちゃんだったら社割も利くよね？」

エリカに言われたページを見てみる。雄平の給料の二ヶ月から三ヶ月分の値段だ。

退職金が入れば買えなくはないな、と一瞬頭をよぎった。

「あれ？　ビール飲まないの？」

泡がなくなった分だけ目減りした雄平のビールグラスに気が付いてエリカが尋ねた。

「うん、今日はやめとく」

「この前、深酒したかと思えば、今度は禁酒？」

エリカが雄平の顔を覗き込んだ。

雄平はまだ、ドナーになると決めたわけではないけれど、肝臓に負担をかけることになんとなく抵抗を感じ始めていた。

「エリカ、オレちょっと考えてるんだけどさ」

「何？　あ、飲まないなら私にちょうだい」

エリカが雄平のグラスに手を伸ばした。

「仕事を辞めて、田舎に帰ることになるかもしれない」

「へ？」

ビールを飲もうとしていたエリカの手が止まった。

「今すぐってわけじゃないんだ」

「ちょ、ちょっと待ってよ。次のカレシが見つかるまで居ていいって言ってくれたじゃん。いやいや、そういう問題じゃない。何があったのかちゃんと話してよ。これじゃあ全然意味分かんないって」エリカが語調を強めた。

雄平は、景子に再会してからの経緯を順番に話した。

途中、紗希のドナー候補が雄平しかいないと言ったあたりからエリカは涙目になっていた。

「私、納得できない。なんでそんな自分勝手過ぎる別れた奥さんのために雄ちゃんが命を賭けなきゃならないのさ」

雄平が話し終わるとすぐにエリカが食ってかかってきた。

「景子のためじゃないよ。オレは紗希のドナーになるんだ」

「どっちでも同じだよ。絶対、景子さんがドナーになるべきだと思う」

「だから景子は、ドナー不適格の判定を受けてるんだって」

「・・・・」

「それにまだ決めたわけじゃないしさ」

雄平が冷めてしまったペペロンチーニを啜った。

「雄ちゃんの田舎って何処よ」

エリカが空になったグラスにビールを注ぎながら言った。

「岩手県の田野畑村ってとこ」

「そこキャバクラある?」

「知らねぇよ。っていうか付いてくんのかよ」

「・・・・」

エリカが口をとがらせた。

そこで会話は途切れ、ふたりは食事を再開した。

少しして、「言ってみただけだってば・・・・」とエリカが呟いた。

「フェンディのバッグのことか?」雄平が応じた。

「バカ・・・・」

エリカの瞳から一滴の涙が落ち、ペペロンチーニにスパイスを加えた。

翌週の水曜日、雄平は大学病院の手術室の隣に設えられたモニタールームにいた。

ここは、医学生が授業で手術を見学するために用意された場所だ。ガラス越しに手術室の全体を見渡せるようになっており、執刀医の手元を映す液晶モニターも備えられていた。

手術室の奥のほうの扉から吉井医師が入ってきた。実際のところ、青い手術着で頭と身体が覆われ、マスクまでしているので、それを吉井だと判別するのは難しい。

手術は一時間ほど前から開始されていて、別の手術室でドナーの肝臓の摘出が行われていた。吉井が来たということは、摘出手術が終わったということだ。

今回の生体肝移植手術は、賢斗くんという三歳の男の子が患者で、ドナーはその母親だった。雄平がモニタールームで見学することについては、あらかじめ吉井が家族の了承を得ていた。

手術が始まる前、廊下で会った賢斗くんの父親に頭を下げると「私たちにできることがあったら言ってください」と逆に励まされた。

吉井によれば、移植患者とその家族らでつくる団体が、移植の普及や家族間の交流に取り組んでいるのだという。

仮にドナーになったとして、自分は独りではないのだと、雄平は思うことができた。

手術室に入ってきた吉井は、モニタールームの雄平を一瞬だけ見て、すぐに手術台に向かった。

手術室では、ドナーの肝臓摘出と同時進行で、別の医師らによって患者の肝臓摘出も進められていた。ドナーと患者の身体的負担を軽くし、もっとも良い状態で肝臓を移植するためだ。

「プットインします」

吉井の声がスピーカーを通して聞こえてきた。母親の肝臓が賢斗くんに移植されるときがきたのだ。

「とても良い肝臓だ。賢斗くん、ママは君に一番良い状態の肝臓をプレゼントできるようにずっと節制してきたんだぞ」

吉井が、全身麻酔で意識のない賢斗くんに話しかけていた。

雄平はモニター画面に見入り、息を飲んだ。

こんなふうに人の体内を見ることは初めてだったけれど、不思議とグロテスクな感じはなかった。

吉井の手によって賢斗くんの母親の肝臓が、賢斗くんの体内に納められた。

「よし、ここからは時間勝負だ。血管を繋ぐぞ」

患者とドナーの血管の切り口を糸で縫い合わせていく繊細な作業が始まった。

拡大鏡を装着した数人の医師が協力して、ピンセットを巧みに使い、一針一針慎重に何時間もかけて縫っていく。これは気が遠くなる作業だった。吉井はこんな大変なことを毎週のようにやっているのだ。

「リフローします」吉井が言った。

いよいよ、繋いだ血管に血液を流すときがきた。手術開始からは八時間が経過している。

「無事に血液が流れれば、茶色くくすんだ肝臓が鮮やかなピンク色になります。命が未来に繋がる瞬間です」

吉井がスピーカーを通して自分に話しかけていることが雄平には分かった。

「さあ、来い……、来い……」

吉井が祈るように言った。

雄平は、まばたきをする時間も惜しいというほどにモニター画面に見入っていた。

「流れろ……流れろ……」

吉井の声に雄平の思いも重なった。

次の瞬間、わずかに色合いが明るくなったかと思うと、見る見るうちに肝臓は鮮やかなピンク色へと艶を取り戻していった。

「よし、賢斗くん、君はまた元気に走り回れるようになるぞ」

ふー、雄平は大きな息を吐き、天を仰いだ。

吉井が繋いでいるのは臓器だけではない。

患者の未来を、そして、ドナーと患者の想いを繋いでいるのだということが雄平にはよく分かった。

一時間後、吉井の執務室で雄平は吉井と向き合って座っていた。

「技術的なことは分かるわけがありませんが、何というか、打たれるものがありました」雄平が言った。

「ありがとうございます」微笑む吉井の表情には、さすがに疲れが滲み出ている。「でも、決して小島さんにドナーになって欲しくて手術を見てもらったわけではありません。生体肝移植がどういうものなのか知った上で、判断して欲しかったのです」

「ええ、理解しています」

部屋には、ボリュームを抑えて室内楽が流れていた。

「手術のあとはいつもこれで緊張をほぐしているんです」と言って吉井が、部屋の隅に置いてあるオーディオシステムのスイッチを入れたものだ。会話をしながら、タクトを振るように吉井の身体が左右に小さく揺れている。

「将来は設計士になりたいんだと紗希ちゃんが教えてくれました」吉井が言った。

「紗希がそんなことを・・・・」

雄平が眼を細めた。

「家族や恋人たちに幸せな時間を過ごしてもらえるようなレストランやカフェ、公園などの空間をデザインしたいのだそうです」

父親に与えてもらえなかったものを自分で作りだそうとしているのだろうか、雄平の心は痛んだ。

「うちの病院を建て替えるときは、ぜひ紗希ちゃんに設計をお願いしたい。紗希ちゃんのおかげで私の夢もひとつ増えましたよ」

吉井という男が患者と家族に慕われる理由はこういうところにあるのだろうと、雄平は思った。

「だから何としても私は紗希ちゃんを助けたい」弦楽の調べに身体を預けていた吉井が居ずまいを正して言った。

「紗希ちゃんの肝臓のタイムリミットは、もっておそらくあと半年です」

雄平が身体を硬くした。

「可能性は低いのですが、私はギリギリまで脳死ドナーが現れるのを待っても良いと思っています。この考えは紗希ちゃんのお母さんにも伝えています。お母さんは自分がドナーになれないことでかなり苦しんだ。やむにやまれず小島さんのところへ頭を下げに行ったわけですが、私としては脳死ドナーが現れることに賭けるべきだと思うのです」

部屋の中に流れていた曲が変わった。バッハの『G線上のアリア』だ。

「立ち入るべきではないと思って聞いていなかったのですが、景子の身体的な不調というのは何なのですか?」雄平が尋ねた。

「やはり……」吉井が腕を組み天井を見上げた。「聞いてなかったんですね」

「え? はい……。体調不良でドナーには不適格だとしか……。まさか景子も何か深刻な病気なのですか?」

雄平が身を乗り出した。

「紗希ちゃんのお母さん、景子さんは妊娠をしています。現在のご主人との間にできたお子さんです。ドナーの適格性を検査する過程で分かったことです」

雄平には、吉井の言葉が、『G線上のアリア』の旋律に乗せられた歌詞のように聞こえた。

三ヶ月後のよく晴れた日の午後、雄平は大学病院のベッドの上にいた。

やたらと糊の効いたシーツの匂いに鼻腔をくすぐられてうたた寝から眼を覚まし、自分が明日の手術に備え入院していたことを思い出した。

移植手術を見学したあの日、雄平はドナーになることを決意し吉井医師に告げた。

自分に生ける脳死ドナーが全うできるのか自信はない。

けれど、生まれてこようとする命と危機に直面している命のどちらかを取れば片方が損なわれてしまう苦渋の中で、できれば会うことは避けたい男に頭を下げ、それでも信念を貫こうとする景子の姿に、雄平は圧倒された。

新しい家族を作り守ろうとする景子の執念には畏怖すら覚え、それに比べたら自分の迷いなどどうでもよいもののように思えたのだ。

この三ヶ月、雄平は酒を断ち、食べ物にも気を付け、ジョギングや水泳で身体の無駄な脂肪を落とすことに励んできた。

それを始めてまもなく、エリカは何も告げずに雄平のマンションから去っていった。電話を架けても呼出音が鳴り続けるばかりだ。

それと前後して会社の上司にことの経緯と、退職を考えていることを伝えた。

上司には、「うちの会社をみくびるな。『老舗』の称号はソロバンを弾くだけで得られたものじゃないぞ。社員こそがうちの宝だ」と一喝された。

雄平は、今後三ヶ月間、病気休職扱いで療養できることになったのだ。

二日前に入院をしたものの、手術に関する説明を受けたり、簡単な検査を行ったりするほかは特にやることがなかった。そして今日からは絶食となり、いよいよ本当にやることがなくなった。

再び眼を閉じようとしたときに、病室のドアをノックする音が鳴った。

景子だった。

「どう調子は？」

病室に入ってきた景子が花のバスケットをベッド脇のワゴンに置きながら言った。

「調子も何も、病気ってわけじゃないからね」雄平が応じた。「だから花なんて良いのに」

「あ、これ？　ごめんなさい、私からじゃないの。キムラヒサヨさんって方から」

「誰だろう？　会社の総務の子かな？」

「あら知らない方だったの？　今、病室の前まで来たらドアの前に立ってて、これを渡してくれって。髪の毛は肩までくらいの長さで、ブロンドに染めてて……」

エリカだ。そうか、エリカの本名はキムラヒサヨというのか。

「くっ、くっ、くっ……」

なぜか笑いが込み上げてきた。

「彼女？」

「そんなんじゃないよ」

「見た目は派手だけど、きっとまっすぐな想いを持った娘ね。『雄ちゃんをお願いします』って深々と頭を下げられたわ」

雄平はあらためてバスケットを見た。鮮やかなピンクのトルコギキョウだ。

その視界の端に景子のお腹を捉えた。ふくらみが目立ち始めている。

「まだ『おめでとう』って言ってなかったな」雄平が言った。

「……。本当にごめんなさい……」

景子がうつむいた。

「紗希はきっと良いお姉さんになるよ」

「そうね。あなたと私の子だものね」

景子が眼に涙を浮かべ、洟をすすった。

「実は、ドナーがあなただってことを紗希にはずっと話していなかったの。脳死ドナーからの移植だってことにして」

「いいよ。話す必要なんてない」

雄平が景子の言葉を遮るように言った。

「さっきもう話しちゃった」

「……」

「それと、移植手術後も紗希とは会わない約束を守り続けるってことは、夫にも話してなかったんだけど、それを打ち明けたら、すっごく叱られちゃった。『僕に気兼ねしているのなら止めてくれ。僕はそんな心の狭い男じゃない』って」

「いい旦那じゃないか。オレならしめしめと思うところだ」

「三階小児病棟のＩＣＵ治療室」

「え？」

「紗希の病室。あなたさえ良ければ、紗希は会いたいって言ってるわ」景子が言った。

雄平は天井を見上げ、次にベッド脇のトルコギキョウを見て、そして最後に景子のお腹のふくらみを見た。

「いや、止めとく」

「え？」

「会うどころか、オレは明日から紗希の一部になるんだ。紗希の未来を一緒に歩む。それで十分だよ」

景子が両手で顔を覆った。

景子が病室を去ったあとすぐに、雄平はスマートフォンを取り出して、電話を架けた。

「もしもし、お花をありがとう。ヒサヨさん」

「茶化さないでよ。だからイヤだったの」

三ヶ月ぶりに聞くエリカの声だ。その向こうに街の喧騒が聞こえる。入院から二日しか経っていないのにどこか懐かしい。

「申し訳ないんだけど、ピンクのバッグは他の女の子にプレゼントすることにしたんだ」雄平が言った。

「ほかに欲しい物ができたから別にいい」

エリカがぶっきらぼうに応えた。

「何だよ。フェンディじゃなくてエルメスとか言うなよ」

電話の向こうに横断歩道の電子音とエリカの靴音が聞こえた。

「レニー・クラヴィッツのＣＤ」

「ぷっ」

雄平は思わず噴き出した。

名盤とは、楽曲が優れているだけでは足りず、人の大切な想い出の一部になることも必要なのだろう。

ひょっとしたら演者がキモいこともその要素のひとつなのかもしれない。

「まだ近くにいるなら戻って来いよ」雄平が言った。

エリカの靴音が止まるのが分かった。

「病院に？　それとも雄ちゃんのマンションに？」

「どっちもだよ」雄平は迷わず応えた。

電話を終えると、雄平はエリカの電話番号の登録名を『キムラヒサヨ』に修正した。


翌朝、八時に看護師が迎えに来て、雄平は車イスに乗せられ手術室へ向かった。

長い廊下を進み、エレベータで手術室がある一階まで降りた。エレベータを出ると、廊下が左右に伸びており、壁に手術室は左方向にあることを示す案内板が貼られていた。

雄平が乗せられた車イスが左折しかかったところで、看護師の携帯電話が鳴った。

「失礼します」看護師は歩行を止め、何度か「はい、はい」と頷いて電話を切った。

「吉井先生の指示で、少しここで待機しておいてくださいとのことです」

「そうですか」

手術の準備がまだ整っていないのだろうか。

二分ほどすると、チンという音がしてエレベータが開いた。大きなストレッチャーが出てきたので、雄平の車イスは右手の廊下のほうへ下がって避けた。

眼の前をストレッチャーが通り過ぎようとしたとき、脇に付き添って歩いている景子の姿を認め、それが、紗希が乗せられたストレッチャーなのだと、雄平は気付いた。

そうか、これは吉井医師の計らいなのだ。

雄平の鼓動が高鳴った。

雄平は車イスから身体を左右に伸ばして、ひと目だけでも紗希の姿を見ようとした。けれど、看護師たちの背中に隠れてしまいその姿を見ることができない。

ストレッチャーは、手術室に向かって雄平からどんどん離れていく。

景子がこちらを振り向き、眼と眼が合った。

景子は雄平に向かって小さく頷くと、身体を屈めて紗希に何かを語りかけたように見えた。

やがて手術室の扉が開き、ストレッチャーは吸い込まれるように進んでいった。

ああ、やはりだめか。

そのとき、ストレッチャーの縁から細い腕が伸びてきた。

紗希だ！

身を乗り出した雄平が車イスから転げ落ちそうになった。

手術室の扉が閉まろうとしたそのとき、雄平が体勢を崩しながら見たのは、紗希が右手で作った『アイシテル』のサインだった。

バスガス爆発

「チェさんは『バスガス爆発』と言えますか？」

いたずらっぽい笑みを浮かべた草壁直人の問いかけに、記者のチェ・ボングと、チェに同行していたカメラマンは虚を衝かれた。

「日本語の早口言葉のひとつですよ」草壁が言葉を続けた。

一通りのインタビューを終え、対話に少しの空白が生まれたときのことだった。質問に対する草壁の応答は終始率直で無駄がなく、まとまりは良かったのだが、読者に読まれることを想定すると、いささか退屈なようにも思えた。

もう少し材料を得ようとしてチェが、「草壁さんの競技人生の原点は何でしょうか」と尋ねたときに、草壁がその早口言葉を持ち出したのだ。

草壁のねらいは何なのか。まさか本当にそれを自分に言わせようとしているわけではあるまい。チェは困ったように愛想笑いを返して、草壁の次の言葉を待った。

週刊誌の記者であるチェは、これまで多くの人間にインタビューをしてきたが、ときどきこうした変化球を投げる者がいる。質問に質問で返したり、質問とまるで関係のない、あさっての方向から話を始めてみたりといった具合にだ。

自分が試されているようで、こうした対応をチェはあまり快く思わない。

そもそもチェは草壁の取材に乗り気でなかった。政治班の彼にとって、この仕事は自分の担当ですらないのだ。草壁のインタビューを予定していたスポーツ班の先輩記者がインフルエンザに罹ってしまい、急遽代役を頼まれたのだ。大学で日本文学を専攻したチェが、インタビューに足りるくらいの語学力を備えていたことで白羽の矢が立ったのだが、記者としてまだ駆け出しのチェに断る選択肢はなかった。

インタビューは、ソウル市中心部のシティホテルのラウンジで行われていた。

視線を外して、窓の外に眼を向けた草壁につられて、チェも外を見た。

ここから数キロと離れていない大通りでは、何万人という市民が集まり、大統領の退陣を求めるデモが行われている頃だ。ソウルではこの数週間、大統領の古い友人がその立場を利用して国政に介入した疑惑に端を発した反大統領派の攻勢が、大きな政治的動乱に発展していた。本来ならば自分もその現場にいて、民衆の怒りと熱気を追いかけていたはずなのだ。それなのに何が悲しくて自分は寡黙なアスリートの想い出話に耳を傾けていなくてはならないのか。

心の中で舌打ちをしたチェの意識を草壁の声が再び呼び戻した。

「私にとってパクチュが初めての韓国人でした」

そうして草壁の回想談は始まった。

それは草壁が小学五年生の秋にまで遡る。


空一面を厚い雲が覆い、午後が始まったばかりだというのに夕暮れ時のような薄暗い廃車置き場で、草壁直人はパクチュに出会った。

そのとき直人は靴を履かず靴下姿だったし、パクチュのほうは転んで地面に這いつくばっていたのだから、小学生の男の子の出会いの場面としてはいささか風変わりなものだった。

はじめ、直人は、自分と同い年ぐらいの少年数人の声を聞いた。

「おっ、キムチじゃん」

「本当だ。よお、キムチ!」

少年は三人組だった。そして彼らの視線の先に低学年と思われる少年の姿があった。その子は明らかに脅えていた。みんな直人には見覚えのない顔だから、きっと隣の学区の連中だろう。

直人は、廃車置き場の片隅にあった一台のワゴン車の中でこの光景を見ていた。

この廃車置き場は、ここから少し離れたところにあるヒマワリ自動車整備工場のものなのだけれど、工員はときどきにしか現れなかったし、看板や囲いもなかったことから、近所の人たちは表通りへの抜け道として自由に往来していた。

「キムチ、手に持ってるそれ、何だよ」三人組のうちのひとりが言った。

「ぼくの名前は……、キムチじゃないよ」少年は質問には答えず、おずおずとそう返した。

「キムチじゃなきゃ、ナムルだ」別の男の子が言うと、他のふたりがけらけらと笑った。

「ナムル、ちょっとそれ貸せよ」

「あ、やめて」

キムチと呼ばれる少年が手に持っていたものが奪われた。

「ドラえもんのマンガじゃん。何これ？　韓国語？」

「変な字。マルとかシカクばっか」

「すげぇ、超ウケる」

三人組の少年が代わるがわるに言った。

「返してちょうだい」

キムチ（あるいはナムル）少年は取り返そうとして手を伸ばしたが、三人組はキャッチボールをするようにしてそのマンガ本を次々受け渡し、キムチ少年を弄んだ。

何回目かのチャレンジのとき、キムチ少年は地面の石につまずいてつんのめり、マンガ本を投げようとしていた少年とぶつかりそうになった。

すると、放り投げられたマンガ本のコントロールが乱れ、地面に落ちた。

「あ、やべぇ」

マンガ本を投げた少年がそう言うのと同時にキムチ少年が地面に転がった。

「痛っ！」キムチ少年の顔がゆがんだ。

一瞬の沈黙のあと、三人組は顔を見合わせた。ひとりが「ふん。行こうぜ」と言うと、あとのふたりもこれに続き、三人は去っていた。

一部始終を見ていた直人はワゴン車から出て、少年のところへ歩み寄った。

「大丈夫か？」直人は言った。

少年はこくりと首を縦に振った。掌を擦りむいた程度で大きな怪我はなさそうだ。

直人は少し離れたところに落ちていたマンガ本を拾って、土汚れを払った。

「オマエ、韓国人？」マンガ本をぱらぱらめくりながら直人が言った。

少年はまた首を縦に振った。

「すげぇ、オレ、外国人と話をするのって初めてだよ」直人の声が上ずった。「名前は、キムチ……じゃないよな」

「……」少年がはじめて口を開いた。おそらく自分の名前を言ったのだろうが、直人にはよく聞き取れなかった。

立ち上がろうして身体を起こしかけた少年が、直人の足元の異変―靴を履いていない―に気が付いて動きを止めた。

「あ、これ？」直人が言った。「カラテだよ、格闘技の。知ってる？　オレ今カラテの修行中なんだ」

直人は空手の型を構えて足を蹴り上げた。

「チェストー！」

目の前を通過した直人の脚に、少年は身体をよじり、眼を丸くした。

「なぁ、オレのワーゲン・バスに来ない？　オレの隠れ家なんだ」直人は少年を誘った。

「パス？」

「いやパスじゃないよ。バ、ス」今度ははっきりと言葉を区切って言った。

「パ、パ、パス」

「バ、ス。『バ』って発音できないの？」

「パ、パ、ス」

「じゃあこれは？　バスガス爆発」

「パ、パク、パク、パクチュ」

「くっ、くっ、くっ」直人は悪いと思いつつも笑いを止められなかった。

「笑わないて！」少年が声を張った。

「ごめん、ごめん。からかうつもりはなかったんだ。それよりオレのワーゲン・バスに来いよ。結構広いからさ、シートを倒せば寝そべってマンガ本も読めるよ」そう言いながら、直人は少年に本を返した。

少年は直人の顔をじっと見た。そして少しためらうような間があったあと、「ありがとごじゃいまちゅ」と頭を下げ、背を向け走り去って行った。


その日、直人は夕暮れ前までワーゲン・バスの車内で過ごし帰宅した。駐車場から見上げると、市営住宅二〇三号室の窓には灯りが点いていない。母はすでに仕事へ出掛けたあとだ。

自宅に入ると三和土で靴下を脱いで室内に上がり、脱いだ靴下を洗濯機へ放り込み風呂場で足を洗った。

居間の電気を点けるときにはいつも一瞬のためらいがある。脱ぎっぱなしのスウェットパンツや飲みかけのペットボトル、惣菜容器のカラといったものたちで乱雑になった室内から眼をそむけられなくなるからだ。

だから直人は、電灯と一緒にため息のスイッチも入れることとなる。

それからやかんを火にかけ、お湯が沸くまでの間にペットボトルを冷蔵庫にしまい、惣菜容器をゴミ箱に捨て、衣類は母の衣装ケースの上に畳んで置いた。

そうしているうちにやかんがしゅんしゅんと鳴り始めるとキッチンの隅に置いた段ボール箱からカップ麺をひとつ取り出してお湯を注ぎ、独りぼっちで夕食をとった。

今日もまた母さんをひどく怒らせてしまった。

直人は唇を噛んで窓際のカーテンに視線を送った。ベランダには布団が干してある。

小学五年生にもなって自分でも情けないのだが、直人はときどきおねしょをしてしまうのだ。

「まったくもう。どうしたらおねしょがやめられるか、頭を冷やして考えてきなさい！」

廊下に放り出された直人の背後でスチール製のドアがバタンと閉められた。記憶の中で再現されたその音に、直人はビクッと肩をすくめた。かつての母は、こんなふうではなかった。どんな失敗も「人はそうやって成長していくものなの」とやさしく抱きしめてくれた。まだ父さんと暮らしていた頃のことだ。

両親が離婚をして、母とふたりこの市営住宅で暮らすようになってから何もかもが変わってしまった。生活から、一日の出来事を語り合う団らんや週末の外食、夏休みの海水浴といったものはなくなり、汚れ散らかった室内と、いつも疲れていて不機嫌な母の横顔がそれにとって代わった。

母は二十四時間営業の弁当屋で働いており、その給料と市役所から定期的に給付される母子家庭の手当が生活を支えている。

母に叱られる理由やきっかけは、おねしょだけではない。テストの点数や電気の消し忘れなどあらゆることが引き金となる。ひとたび怒りのスイッチが入るともうこちらの言い分は聞いてもらえなかった。直接手を上げられることこそなかったが、さんざん叱責されたあと、「少し反省してきなさい！」と怒鳴られ、靴も履かせられずに外へ放り出されるのだった。

だから、空手の修行中というのは嘘だった。裸足で外を歩いているところを、すれ違った大人に問われたときのために用意している方便だ。

質素な夕飯を終えると直人はコタツに寝転がり、今日会った韓国人の少年のことを思った。自らの境遇を変える術を持たない十一歳の少年にとって、「外国」という響きは、ここではない何処かのイメージに直結する甘美なものだ。

直人はしばし、韓国という見知らぬ国への冒険の旅の夢想に耽った。それは自由で、色彩豊かで、驚きと笑顔に満ちたものだった。

やがて瞼が重くなり、直人はコタツ布団を肩まで引き寄せ、どうせおねしょで濡れた布団はまだ乾いていないだろうし、このままここで寝てしまおうと身体を丸める。

それが深夜に帰宅した母をまた怒らせることになると分かっていたけれど、直人は今のこの幸せな気分に漂っていたかった。

直人が「オレの隠れ家」というフォルクス・ワーゲン・バスは、直人が生まれるより二十年以上前の年式で、ヒマワリ自動車整備工場の廃車置き場の中でも最古参の車だった。

数ヶ月前から直人は、母に叱られ家を出されたときに、この廃車置き場で過ごすことがしばしばあった。乱雑に積まれた廃タイヤに座り込んで独りで時間を潰していると時折、壊れた車の搬入に現れるヒマワリ自動車整備工場のあるじ、大輝と顔を合わせることがあった。

そのたびにチラチラと直人のほうを見ていた大輝が、何度目かのときに直人に近づいてきた。

直人は「私有地に入るな！」といよいよ怒られるものと肩をすくめた。ただでさえ大輝は身長百八十センチを超える大柄で、髪は茶色に染め耳にはピアスをしていたから、小学生の直人が委縮するに充分の迫力があった。

「ぼうず、ちょっとこっちに来な」風貌どおり大輝の声には凄みがあった。

直人は廃車置き場の一番奥まで連れて行かれた。

「好きに使っていいぞ。これがカギだ」

「え？」

ごめんなさい、という言葉を用意してずっと下を向いていた直人が顔を上げると、目の前にフォルクス・ワーゲン・バスがあった。

「ここに来た車はやがてスクラップにされる運命なんだけどな、これだけはどうしてかそれができねえんだ」

大輝はポンポンと車のボディを叩いた。

「歳くって動きが鈍くなったネコが昼寝でもしてるみたいだろ」

直人は、小さい頃に見たアニメに出てきた、ネコ型バスのことを思い浮かべた。それは、まだ母の手のぬくもりを直接感じることができた頃のことだ。

薄い青と白のツートンカラーのワーゲン・バスは、ところどころ錆びついていて、タイヤもすべてパンクしていた。

「廃車になっても人の役に立てるんだ。コイツも喜ぶだろ」

大輝は車のカギを直人の手に握らせた。

それからというもの直人は、母に家を追い出されたときばかりでなく、放課後や週末もここで過ごすことが多くなっていった。

コンコンと窓を叩く音に、寝転がって学校の図書館から借りてきた本を読んでいた直人が驚いて身体を起こすと、韓国人の少年の顔があった。最初に会った日から十日後のことだ。

「よお」直人は笑顔でドアを開けた。

「カラテ……」少年が消え入りそうな声で言った。

「え？　何？」

「ぼくにカラテ、教えてください」

そう言う少年の姿をよく見ると、チェックの長袖シャツは不自然に着崩れていて、ところどころに小さな枯葉の欠片が付いていた。

「またあいつらにやられたのか？」

直人が少年の顔を覗き込むと、少年は頷いた。

「まず中に入れよ」そう言って直人は少年のシャツの枯葉を払った。

空手の話が嘘であることを正直に話してしまえば、そこに逆転劇の活路を見出そうと自分を頼ってきた少年の心にトドメを刺してしまうことになるのではないかと思い、直人にはそれができなかった。

ワーゲン・バスの後部座席は、列車のボックス席のように向き合う形に設えられていた。

「これがワーゲン・パス……」直人と向き合って座った少年が室内をぐるりと見回しながら言った。

「パスじゃないよ。バス。バ、ス」

「パ、ス」やはり、少年には難しい発音のようだった。

そのとき直人にひとつの考えが浮かんだ。

「『バスガス爆発』って言ってみなよ」

「パ、パク、パクチュ」

「よーし、『バスガス爆発』をちゃんと言えるようになったらカラテを教えてやるよ」

「え?」少年が眼を丸くした。

「カラテは日本の格闘技だからさ、技とか闘い方とかも日本語の発音だし、しゃべれないと正しく覚えられないんだ」

直人が偉ぶった調子で言った。

少年は気合を入れ直すように頷いた。

「パク、パク……」

「バスガス爆発」

「パ、パス、パク、パクチュ」少年は首を捻った。

「まだまだだな」直人が笑った。「よし、今日からお前はオレの一番弟子のパクチュだ」

少年は少し戸惑った表情をしたが、キムチやナムルと呼ばれることに比べれば不快ではなかったらしく、笑顔で頷いた。

「ぼく、お兄さんの弟子になります」

「お兄さん？」

「はい、韓国では年上の男の人のことは兄弟でなくてもお兄さんと呼びます」

これまで誰かに敬意を持って接してもらうことがほとんどなかった直人は、くすぐったい思いだったがそれ以上に嬉しかった。

それから直人とパクチュは、放課後や週末の多くの時間をワーゲン・バスで一緒に過ごすようになった。

パクチュが日本へ来たのはおよそ一年前の小学二年生のときだ。貿易会社を経営する父親が事業を拡大するのに伴い、両親、三つ年上の姉と来日した。父が単身で赴任することもできたのだが、家族は一緒に生活するべきであるという考えと、子どもたちに豊かな経験を積み、広い視野を持って欲しいという教育方針により、家族で来日することを選んだのだ。パクチュには、ほとんど記憶が残っていないが、小さい頃にはアメリカで暮らしていたこともあるという。

小学生の男の子ふたりがワゴン車の中で遊べることは、せいぜいマンガ本やカードゲーム、携帯型の小型ゲーム機（と言っても直人は持っていないが）ぐらいだ。

それでもふたりは、この場所にいて飽きるということがなかった。ふたりが楽しんでいたのはマンガ本やゲームそのものではなく、それを通じて交わされる会話であり、未知の世界を知ることであったからだ。

ときどき大輝が、「自動車業界ってのは、十月、十一月は結構ヒマなんだよ」と言って、三個のあん饅を手土産にワーゲン・バスにやってくることもあった。

「あん饅のことを韓国語では『ちんぱん』と言います」

「臭そうだな」

大輝と直人は声を上げて笑った。

「臭くないですよ！　でも日本のあん饅のほうが美味しいです」

そんなことを話しながら三人はあん饅を頬張った。

三人でトランプのババ抜きをしていたときのことだ。

「最近はこの辺も物騒になってよ、駐車中のクルマからバンパーやホイールを盗む窃盗団が出てきてるんだ」大輝が言った。「うちは工場と廃車置き場が離れてるんだろ。だからさ、お前たちがここにいることで防犯対策になるからオレとしても助かってるんだ。それ！」

そう言って大輝が直人の手持ちのカードから抜いたのはババだった。

直人は笑みが零れそうになるのを堪えた。ババが引き抜かれたこと以上に、ここでパクチュとただ遊んでいることが人の役に立っていると思うと嬉しかったからだ。

「パス、パク、パクチュ」

パクチュは遊びや会話の合間のふとした瞬間にそれを口にするようになっていた。もちろん早口言葉の練習だったのだけれど、パクチュにとってもはやそのフレーズは、小さな驚きや溜息など、いろんな意味に使える汎用性のある感嘆詞であり、鼻歌のようなものにもなっていた。

それでいてパクチュの早口言葉はいっこうに巧くなる気配がなかった。

「パス、パス、パクチュ」

大輝からカードを抜いたパクチュが言った。

どうやらババを引いたらしい。


母が直人の変化を訝しく思い始めたのは十二月初め頃のことだった。

「直人、待ちなさい！」土曜日のお昼過ぎ、いつものようにパクチュと午後を過ごすため出掛けようとしていた直人を母が呼び止めた。

「何処へ行くの！」

いつもなら母はまだ布団の中にいる時間だ。直人を詰問しようと、タイミングを見計らっていたのだろう。

「別に……、友だちのところだけど……」直人がぼそぼそと答えた。

「あなた、ここのところずっと出掛けているようだけど、友達って誰？　母さんに叱られて家を出されても反省の色も見せないでニコニコして帰ってくるんだから、ロクな友だちじゃないいんでしょ！」

「パクチュはそんな奴じゃないよ」直人が反射的に答えた。

「パクチュ？　何それ？　人の名前なの？」

「韓国人……」口を突いて出た言葉に直人は、しまったと思った。

「はあ？　韓国人？　あなた韓国人なんかと付き合ってるの？　あなたのお父さんも理解に苦しむ女と家を出て行ったけど、そういうところは父親ゆずりなのね」

「父さんは関係ないじゃん！」

母がコタツの上の飲みかけのペットボトルを乱暴に取ってお茶を喉に流し入れた。

「私が耐え難いと思うのは、最近のあなたがどんどん父親に似てきているってことなの！」

直人は母を睨み返した。

「とにかく今日は家にいなさい！　その韓国人と遊ぶのはもう許しません！」

「嫌だよ！」直人が声を張った。こんなふうに母に刃向うのは初めてのことだ。

その瞬間、母の形相が変わった。ペットボトルを襖に投げつけると、その手を直人の首に回し喉を締め始めた。

「その目付きがダメ亭主に似てきたっていうのよ！　ダメと言ったらダメ！」

「んぐっ、や……め……」

直人は母の腕を掴んで離そうとしたが、首に食い込んでくる力のほうが強かった。もがいた直人の足が、床に転がっていたペットボトルを踏み、滑るようにして身体が落ちた。それに引きずられるように母もつんのめって転び、直人の首から手が離れた。

「げほっ、げほっ」

直人は身体を丸めて咳き込んだ。

その隣で母は肩で息をしながら眼を大きく開き、自分の両の掌を見ていた。

少しして呼吸のリズムが戻ってきた直人は、「出掛けてくる」と言って立ち上がった。

「もう、いやー！」

玄関の扉を閉め、歩き始めた直人の背後から、母の叫びと泣き声が聞こえてきた。


直人がワーゲン・バスに到着すると、パクチュはひとりでマンガ本を読んでいた。この頃には直人は、車体の下にジャムの空き瓶を置いて鍵を隠し、互いが自由に出入りできるようにしていたのだ。

「あー、ムシャクシャするー！」

車内に入るなり、座席に身体を投げるようにして直人が言った。

「お兄さん、どうしましたか？」

パクチュがマンガ本を閉じて直人の顔を覗き込んできた。

「うっせーな。パクチュみたいに金持ちで、家族の仲も良い奴には分からない話だよ!」

パクチュはしゅんとして視線をマンガ本に戻した。

「パク、パス、パクチュ……」

沈黙をパクチュの呟きが埋めた。

「ホント、ぜんぜん上手くなんないよな」

直人が冷たい視線を向けると、パクチュは再び口をつぐんだ。

直人は座席に寝転んだ。クリーム色の天井は、ところどころ車体から剥がれてたるんでおり、カビが染みを作っている。自分にはオンボロで狭いこの車内にしか居場所がない。けれどそれも今、奪われようとしている。身体が震え、激しい衝動が心の奥底のほうから噴き上がってきた。自分を小さな世界に閉じ込める家庭環境や母親の干渉、まだ無力な子どもだという悔しさをすべて一瞬に吹き飛ばしてしまいたい。

「パス、パク、パクチュ」パクチュが小さくつぶやいた。

「よーし、それだ」唸るように直人が言った。

「バスを爆破してやる」

「え?」パクチュが直人を見た。

「本当にバスを爆破してやるんだ。どうにかして母さんや、パクチュをいじめるあいつらをバスに乗せてさ、みんな一気に吹っ飛ばしてやろうぜ」

「本当に?」パクチュは目を丸くしている。

「ああ、本気さ」

少しの沈黙のあと、「ぱくだんはどうやって用意するんですか?」パクチュが聞いてきた。

「ああ、それな。花火を集めて爆弾を作ったらいいと思うんだ」

「タメ! 人をきじゅつけるのはじぇったいにタメたよ! ぼくはやらない!」

パクチュが直人に反抗するのは初めてのことだった。

「うーん、そうか・・・・」

パクチュの剣幕に直人は考え直した。

「じゃあさ、駐車場に停まってる誰も乗ってないバスならどう?」

パクチュは黙った。

「俺たちふたりの力を合わせてみんなをアッと言わせてやろうぜ。これは度胸を鍛えるカラテの修行でもあるんだ」

直人がまっすぐにパクチュの眼を見た。

「人をきじゅつけないなら・・・・」

どうやらカラテの修行というのが殺し文句になったようだ。

翌日の日曜日、直人とパクチュは路線バスの営業所へ向かって自転車を漕いでいた。爆破の標的となる場所を偵察するためだ。

最新型オフロードタイプのパクチュの自転車と、中古で買った錆だらけの直人の自転車では、体力差を割り引いてもまだパクチュのほうに分があった。気持ち良さそうに風を裂いて走るパクチュに対して、直人は平らな道なのに坂道を登っているように汗だくだった。

「パクチュ、もう少しスピードを落とせよ。こっちは荷物も持ってるんだぞ」

直人が背負うリュックには、パクチュが自宅からこっそり持ってきた花火や図書館から借りてきた大型バスの図鑑、メモ帳、筆記用具などが詰め込まれていた。

「そろそろ一休みしようぜ」

視線の先に公園の看板を見つけた直人が言った。自転車を漕ぎ始めてから二十分近くが経過している。目指すバス営業所まではまだ半分だ。

ふたりは自転車を停め、水飲み場で水分を補給したあと、東屋に腰を降ろした。空には青色が行き渡り、ブランコや滑り台で遊ぶ親子、散歩を楽しむ老人などで公園は賑わっていた。

直人はリュックを降ろして花火をテーブルに並べた。手持ち花火が十七本と線香花火が十本、そして、三十連発の打上げ花火がひとつ。

「夏にやり残したものだから、これくらいしかなかったよ」パクチュが言った。

打上げ花火は、自宅の庭や道路でやっては近所迷惑になるからと手を付けなかったものだという。

「花火爆弾なんて作ったことがないから分かんないけど、さすがにこれじゃあバスを爆破するには威力が足りな過ぎるよな……。まあ、とりあえず仕方がない。爆弾についてはもうちょっと考えよう」直人が言った。

それからふたりは再び自転車を漕いだ。景色は住宅群から郊外の店舗群、田園と変わり、やっと目的のバス営業所にたどり着いた。

実際に現場に立ち、小学校の校庭ぐらいもあろうかという敷地に大型バスが何十台も並ぶ光景を目の前にして、直人は居すくまった。

「本当にここでやるの?」そう言ったパクチュの声も不安げだ。

「も、もちろんさ」

直人は自分を奮い立たせるように言った。

ふたりは、事務所に隣接する待合室に入り、バス待ち客を装って営業所全体のようすを窺がうこととした。窓辺に立ってしばらく外を見ていた直人がふと振り返るとパクチュは、真剣にメモ帳にペンを走らせていた。

「何を書いてるんだよ?」

「ここの見取りじゅとか防犯カメラの位置」

見ると、小学三年生が書いたにしては精緻な図が描かれていた。文字はハングルだ。

「パクチュ、意外と冷静じゃないか」

「ロール・プレイング・ゲームをやってるみたいな感じだよ」

「ふーん、ゲームってこんなふうに役立つこともあるんだな」

ふたつ年下のパクチュには、自分より豊かな経験や知識が備わっていて、それは家庭環境の違いによるものなのかもしれないと思うと、直人は少し淋しくなった。

「監視カメラがふたつあります」

見取り図を指差してパクチュが言った。カメラは事務所壁面に据え付けられており、ひとつはたくさんのバスが並ぶ駐車場を向き、もうひとつは事務所の入口を捉えていた。

「仮に爆弾ができたとして、どうやってバスに近づくかだな」直人は言った。

「ラジコンカーに乗せて、カメラに映らない場所から操縦するのは?」

「お、すごい。パクチュ、それもゲームの知識なのか?」

「これはぼくのアイディアです」パクチュが自慢げに親指を立てた。

バス営業所の偵察を終え、ふたりが廃車置き場に戻ると大輝がワーゲン・バスで何か作業をしていた。

「よう、今日は来ないのかと思ってたぜ」スパナを持った大輝が言った。青いツナギ服の胸元に縫い込まれたヒマワリの刺繍がいかつい風貌とアンバランスだ。

「どうかしたの？」直人が尋ねた。

「だいぶ寒くなってきたからな。バッテリーやなんやかやを取っ替えて、ガソリンも入れて、エンジンをかければ暖房が使えるようにしといたぜ」

「すごい！」直人とパクチュの声が揃った。

「さ、試運転だ。乗んな」大輝が鍵をひねると、ワーゲン・バスはブルブルッと車体を震わせたあとエンジンを始動させた。

「わーお！」

ふたりは歓声を上げ、大輝も交えて代わるがわるにハイタッチをした。

「大輝さんって、本当に車の整備士さんだったんだね」

直人が言うと、「なんだオメー」と大輝は直人の頭を小突いた。

「そうだ！　大輝さん、花火の火薬を集めた爆弾って作ったことある？」直人が尋ねた。

「あ？　爆弾だぁ？　オレは結構アブナイこともやってきたけど、そういうのはねぇな。よく分かんねぇけど、市販の花火なら相当たくさん集めねぇとダメなんじゃねぇの」

「やっぱ、そうだよね」

「ま、花火からガソリンに引火させれば、一気にドーンだと思うけどな」

直人がパクチュの顔を見ると、パクチュの眼も「それだ！」と言っている。

「おいおい、オメーらまさかヤバいことを企んでるんじゃねぇだろな。厄介ごとは困るぜ。せっかくのこの場所だって失いかねないぞ」大輝がふたりの顔を交互に見た。

「ちがいますよ。ロール・プレイング・ゲームの中の話なんです」パクチュがそう言った。


手持ち花火、線香花火、そして打上げ花火を裂いて開き、慎重に火薬を集め、打上げ花火の器に再び詰め込む。これが第一弾の発火装置となる。これにガソリンを入れた五〇〇ミリリットルのペットボトルを粘着テープでくくりつけて第二の発火を得る。この爆弾はラジコンカーの屋根に据えられ、大型バスの燃料タンクの下まで運ばれたあとに発火することで、最後にはバス自身の燃料によって大爆発を起こす。

これが、直人がパクチュと練り上げた作戦だ。ラジコンカーはパクチュが家から持ってきた。直人は見たことがない車種でハマーという名だった。

ペットボトルに入れるガソリンは、石油ポンプを使ってワーゲン・バスから失敬した。

「よし、できた！」

最終の作業として、導火線となる凧糸を、打上げ花火に元から付いている導火線に結び付けた
直人が言った。

パクチュが手を叩いた。

「なあ、このラジコンカーに何か名前を付けようぜ。『破壊王』とか『突撃神』とかさ」

直人がハマーを高く持ち上げた
「ハ、ハカイオウ？　ト、トツゲキ……」

パクチュにはちょっと難しい日本語のようだった。

「よし、分かった。『破壊』とか『突撃』って名前だと、人に聞かれて怪しまれるかもしれないから暗号でいこう」

直人がパクチュの顔を見た。

「パクチュに任せるから考えてくれよ。韓国語の『爆発』とか『爆弾』って辺りの言葉でさ」

パクチュは少しの沈黙のあと、「じゃあ『チング』がいい」と言った。

「なんだそれ。あんまり強そうな名前じゃないな」直人が言った。「けど暗号なんだからかえってそのほうが良いか。よし、このラジコンカーは『チング号』だ」

作戦の決行は来週金曜日の深夜と決めた。

それからの一週間、直人とパクチュはワーゲン・バスで会うことを控えた。作戦が誰かに知られるリスクを少しでも減らそうと考えたのだ。チング号は段ボール箱にしまい、粘着テープでしっかりと蓋をして、ワーゲン・バスに隠した。

直人がもっとも神経を使うのは、母に感付かれないようにすることだ。

幸か不幸か、パクチュと付き合うなと言われ衝突したあの日から母は沈黙している。直人から初めて強く反発され、いく分怒りを鎮めたのか、あるいは冷戦状態とでも言うべき静けさなのか直人にも計りかねていた。

そして十二月第二週の金曜日、いよいよ作戦決行の日となった。

直人は普段通り学校へ行き、六時間授業を終えて午後四時頃に帰宅をした。

「直人、あなた、親の忠告も聞かずに韓国人と遊んでたでしょう」

ランドセルを降ろし、水を飲もうと台所でコップに水を注いでいた直人に、母が背後から言葉を投げつけた。

「いや、あれから会ってないよ」直人はゆっくり振り返り、できるだけ冷静に答えた。

「嘘ばっかり！　じゃあ一体これは何なの！」

母が直人の眼の前に付きだしたのは、バス営業所の見取り図を描いたパクチュのメモだった。

直人の表情が固まった。

母は、そのメモをくしゃくしゃに握りつぶしてゴミ箱に投げつけた。

「五年生にもなれば悪知恵も付いて、外に放り出すことがお仕置きにならないんだって母さん分かったわ。これからは逆の発想にすることにしたの」

「え？」

「こっちへ来なさい！」

母に腕を掴まれ、自室前まで引っ張られた直人は、入口の引き戸の異変に気付いた。南京錠を掛ける蝶番が、戸の上部と下部にふたつ取り付けられていたのだ。

「さあ、入んなさい！」直人の腕を掴む母の手に力が入った。

「やだよ！」

「いいから、言うことを聞いて！」

抵抗もむなしく直人は部屋に閉じ込められ、戸の外で南京錠がふたつ掛けられる音がした。

「ごめんなさーい！　母さん、ごめんなさーい！　うわー！」

直人は泣きながら母に赦しを求めた。

「母さんが仕事から帰ってくるまでそこにいなさい！　机の上にパンを置いてるから夕飯はそれを食べなさい。おしっこがしたくなったらベランダでしておけばいいから。部屋の中にするのはやめてよね。ただでさえ直人がしょっちゅうおねしょをするから、匂いが部屋に染みついてるような気がしてならないんだから！」

「ごめんなさい、ごめんなさい、お願いだから、出してください！」直人は引き戸をどんどんと叩いた。

「親の言う事をきけないとこういうことになるの。そこで反省してなさい！」

そのあと、母の声はしなくなり、着替えたり、トイレに入ったりするような音がしたあと、最後にバタンと玄関扉が閉まる音がした。

母の気配があるうちは、「ねぇ・・・・母さん・・・・」などと弱々しい声を出していた直人だったが、いよいよ母が仕事に出かけると、膝に顔をうずめて座り込んだ。

六畳の部屋には、小学校入学のときに祖父母から買ってもらった学習机と子ども用のプラスチック製たんすがあるだけだ。ベランダに通じるサッシ戸から差し込む弱々しい陽の光が闇に取って代わられても、直人は膝を抱えたまままうずくまっていた。

「パクチュごめん。オレは行けないよ」直人は心の中でつぶやいた。

心は折れかけていた。自分の力で何かをやり遂げようとしても結局こうなる運命なのだ。母の怒りに対してというよりも、自分の意志や行動の前に立ちはだかる厚くて大きい壁に屈服させられていた。

暖房のない部屋はだいぶ冷えてきた。身体の震えに自らの意識を呼び戻され直人は久しぶりに顔を上げ、眼を開けた。学習机の上のデジタル時計は九時を表示していた。パクチュと待ち合わせた九時半まではもうすぐだ。

デジタル時計の脇にコンビニの袋が置いてあった。立ち上がって中を見ると、母が「夕飯にしなさい」と言っていたあん饅がひとつ入っていた。

「韓国語でチンパンと言います」と話していたパクチュの言葉とそれを聞いて笑い合った大輝の顔を思い出した。

直人は、コンビニの袋からすっかりつめたくなったあん饅を取り出し、口に頬張ろうとして手を止めた。

「日本のあん饅のほうが美味しいです」と言ったパクチュの顔が脳裏に浮かぶと、パクチュに会いたいという気持ちが直人の心の中を一気に満たした。

この部屋を飛び出そうと決めるにはそれで十分だった。

直人は押入れからシーツとタオルケットを取り出し、結び繋いだ。これだけでは長さが足りない。次に部屋をぐるりと見渡し、学習机をサッシ戸のそばまで押して移動させ机の上に乗っかると、背伸びをしながらカーテンをレールから外した。そしてカーテンを、シーツ、タオルケットに結んで脱出用のロープを作り、ベランダに出て手摺りに結びつけた。

ロープを下に垂らしてみると、地面までは届かなかった。上から見下ろした感じではどれだけ長さが足りないのかが分からなかったけれど、直人は降りてみることにした。もう約束の時間は過ぎているのだ。最後は飛び降りればいい。

直人は、ジャンパーを羽織り、あん饅が入ったコンビニの袋をポケットに押し込むとロープをゆっくりと降り始めた。怖くて足がすくんだけれど、学校の上り棒だと思えばなんでもない。そう自分に言い聞かせた。何度もおねしょで汚したシーツとタオルケットを伝って閉じ込められた部屋から脱出する。これは、おねしょ克服の儀式なのだと直人は自分の心を奮い立たせた。

シーツ、タオルケットと伝ってカーテンの端まで降りてきたものの、それでも地面に足は届かず、直人の身体は宙に浮かんだまま左右に揺れた。握力も落ちてきて、今から再び上方に登ることは不可能だった。ずるっ、ずるっと身体が少しずつ落ちてくる。もう飛び降りるしかない。

「チェストー!」直人は手を離した。

強い衝撃が両足に加わった。

「痛っ!」

転びはしなかったけれど、着地の瞬間にバランスを崩して尖った石を踏んだらしく右足の親指の辺りに血が滲んでいた。駐輪場に停めていた自転車に跨り、右足に力を込めるとジンという痛みが走ったけれど、直人は構わず廃車置き場を目指した。

ワーゲン・バスの前まで来ると、すでにパクチュの自転車が停まっていた。

「お兄さん、心配していたですよ」と言ったパクチュの笑顔がすぐに曇った。「足、どうしました?」

「ああ、いつものカラテの修行さ」

直人はシートに腰を降ろしながら言った。パクチュは自分がケガをしたような顔をして直人の脚の先をじっと見ていた。

「なんだよ、さ、準備を始めようぜ」直人が言った。

「お兄さん、今日はカラテは要りません」

「ちょっと気合が入り過ぎただけだよ。気にすんなって」直人は、チング号をしまっていた段ボールに手を伸ばした。

「ぼくのお姉さんの靴を家から取ってきます」

直人がパクチュの顔を見た。

「作戦成功のためです」パクチュの表情は真剣だった。

「分かったよ。これで家族に見つかったら元も子もないから慎重にな」

「はい、だいじょうぶです」

そう言ってパクチュが一度自宅へ戻っている間、直人はチング号の動作確認や持ち物の最終点検を行っていた。深夜に差しかかって空気は一段と冷え、ワーゲン・バスの窓ガラスはすべて曇っていた。通りがかりの人に不審に思われないようにエンジンはかけずにいたのだ。

およそ二十分後、パクチュが戻ってきた。

「うわ、ピンク色かよ。しかも何これ？　誰の名前？」

スニーカーの踵にはマジックペンでハングル文字が書かれていた。

「お姉さんの靴です。じぇいたくは言わないでください」

直人はスニーカーを履いてみた。サイズが少し大きめだったし、傷を負った右足親指に痛みが走ったが、靴下姿に比べたら格段に良い。

時刻は十一時を少し回ったところだった。そろそろ出発の時間だ。

「そうだ、出発前にこれを食えよ。もうすっかり冷えちゃってるけどさ」

直人は、ポケットからあん饅を取り出して、パクチュに差し出した。

「すごい！　ありがとうごじゃいます！」

ぐぅ。パクチュが頬張ろうとしたそのときに、直人のお腹が鳴った。直人はお昼の給食以来何も食べていなかったのだ。

「ふふふふふ」

ふたりは顔を見合わせて笑った。パクチュは、あん饅をふたつに割って片方を直人に差し出した。

「お兄さん、お願いがあります」あん饅を食べながらパクチュが言った。

「なに？」

「この作戦が失敗しても、度胸試しをちゃんとやれたご褒美にカラテをちょっとだけでも教えて欲しいです」

直人は返答に詰まった。これ以上パクチュに嘘をつき続けるのはイヤだ。けれど、正直に話したらパクチュは失望するだろうし、ひょっとしたらもうここに来なくなるかもしれない。でもやはり、明日になったら本当のことを話そうと直人は思った。

「そうだな。今回パクチュは大活躍だったもんな」

直人は拳を握り空手の型を真似た。

「さあ、行こうか」

予定外の出来事のせいで計画から少し遅れている。ふたりはワーゲン・バスを出て自転車に跨り、三週間前に偵察のために走った道のりを再び辿った。

直人は普段なら、もう夢の中の時間だったけれど、緊張感からか眠気はまったく感じず、闇と寒さの中でもパクチュと一緒ならば心細さはなかった。

住宅街を抜け、郊外の国道を走っていたときだった。パクチュの後方を走っていた直人が急ブレーキをかけて止まった。通り過ぎた景色への違和感に後ろを振り返ると、そこには二十四時間営業の弁当屋があり、店の裏口に直人の母が立っているのが見えた。距離は三十メートルほど離れているだろうか。話声は、通り過ぎる車の音にかき消されて聞こえなかったが、腕組みをする男の人の前で母は背中を丸めていた。男の人は、赤いエプロン姿でキャップを被っている。弁当屋の店長なのかもしれない。でも母よりもずっと若く見える。店長が強い口調で何かを話すたびに母は頭を下げている。深夜の国道をスピードを上げて走る車がほんの少し途切れた瞬間に、

「……ありません。どうか解雇は……」と言う母の声が聞こえた気がした。

こんな母の姿を見るのは初めてだ。

自分の胸の内で、初めての感情が鼓動と呼吸を早くした。でも言葉にはたどり着かない。

「お兄さん、どうかしましたか?」パクチュの声が少し先のところから届いた。

直人はもう少しで叫びそうになる声を抑え、心のうごめきをただペダルに伝え、猛スピードで自転車を再び走らせた。

空に輝くオリオン座を直人ははまだ知らない。

けれど今、変わらずそこにあって直人を見守るものはその星だけだ。直人は、絶対にこの作戦を成功させてやるのだと語りかけながら、冬の星座を追いかけた。

バス営業所から二百メートルくらい手前にある、モーテルの大きな看板の陰に自転車を停め、ふたりはそこから徒歩で近づいた。事務所の裏側から回り込み、防犯カメラに映らない位置から

バスの駐車場のようすを窺がった。偵察に来たときよりもたくさんのバスが停まっていて、数基の投光器がオレンジ色の灯りで全体を照らしていた。

時刻は深夜十一時半を少し回ったところだった。

直人はリュックを降ろし、チング号を取り出すと、スイッチを入れて、そっと地面に置いた。続いてリモコンのアンテナを伸ばした。

パクチュは、チング号に括り付けた花火の導火線から伸びる凧糸を手に持った。

見上げると事務所の二階の一室に電気が点いている。遅くまで残業している職員がいるのか、あるいは宿直者用の部屋なのか。ふたりはしばらくようすを見ることにした。

零時少し前に事務所二階の電気が消えた。事務所から人が出てくる気配はないので、どうやらそこは宿直室で、泊まりの職員も就寝したようだ。

「よし、パクチュ、行くぞ」直人が言った。

パクチュは無言でただ頷いた。

直人がリモコンのレバーを前に倒すと、チング号が勢いよく走りだした。

十メートル、二十メートル、三十メートル……。チング号は順調にバスに近づいていき、パクチュの手元からするすると凧糸が伸びていった。

「よし、あともう少しだ」標的のバスまで五メートルほどのところまで近づき、直人が心の中でつぶやいたときだった。

「あれ?」

チング号が突然停止をしてしまったのだ。

直人がリモコンのレバーをあらゆる方向に動かしてみるが、ピクリともしない。

「ひょっとして……」パクチュが言った。

「なんだよ」

「リモコンの電波が届かない距離なのかも」

「嘘だろ?」

直人は手をいっぱいに伸ばしてリモコンを操作してみたが、チング号は動く気配がなかった。

「いったん退却だ。パクチュ、凧糸を引っ張って」

「はい」

パクチュが凧糸を引くと、チング号は後戻りをし始めた。

しかし、すぐにパクチュが「あ!」と声を上げた。

「どうした?」

「凧糸と導火線の結び目がほどけたかもしれないです」

パクチュの手元にはどんどん凧糸が戻ってきているが、チング号は駐車場の通路の真ん中にとどまったままだ。

「マジかよ」直人は天を仰いだ。今、チング号に近づけば確実に防犯カメラに姿を捉えられてしまう。

「チクショー」直人は地面に座り込んだ。やっぱりだめか……。

その時だった。

「お、お兄さん、アレはなんでしょう?」

パクチュが上ずった声で指差した方向を見ると、バス営業所の道路沿いに一台のワゴン車が停まり、四人の男が降りてきた。奇妙なことに全員が帽子からズボンまですべて真っ黒だ。

その中のひとりが、長い棒を持って事務所のほうに近づいてきた。よく見ると眼出し帽ですっかり顔を隠している。男は事務所の入り口付近まで来ると植木挟みのような長い道具を使って防犯カメラにバスタオルのような大きな布をかけて目隠しをした。そして、駐車場全体を向いているもうひとつの防犯カメラにも。

直人には何が起きているのかさっぱり分からなかったが、男たちに見つかったら危ないことになりそうな気がして、そのまま身を潜めていた。

防犯カメラに目隠しがされるやいなや、残りの三人の男たちの動きが素早くなった。バスの整備場に走り、タイヤや部品、ポリタンクなどを次々と運び出し、自分達が乗ってきたワゴン車に積み込み始めたのだ。

「ひょっとしてこれって大輝さんが言っていた・・・・」

「窃盗団・・・・」

「マジかよ・・・・」

「お兄さん、警察を呼びましょう」

「どうやってだよ。そんなことしたらオレたちの爆破作戦だってバレちゃうじゃんか」

「でも・・・・」

ふたりが逡巡している間にも、窃盗団は素早い動きで次々と荷物を運び出していた。

「よし！」直人が言った。「予定変更だ。あそこで爆破させるぞ。パクチュ、来い！」

「はい！」

ふたりは、男たちに見つからないように身体を低くして走った。そしてチング号のところまでくると「頼むぞ、大爆発であいつらを追い払うんだ」そう言いながら直人がチング号の花火爆弾の導火線にライターで火を点けた。

火種が導火線の上を走った。

「さあ、来い！」直人が、組んだ両手を額に付けた。

しゅるしゅるしゅるしゅるっ、ぱーん。

「え？」

しゅるしゅるしゅるっ、ぱーん。

「何で？　ただの連発花火じゃん」

しゅるしゅるしゅるっ、ぱーん。

花火に気が付いた男たちの動きが乱れた。明らかに動揺が走っている。窃盗団のひとりが、直人とパクチュに気が付き指をさして仲間たちに何かを伝えた。何を言っているのか分からなかったのは、男の声が慌てたようすだったからだけではない。それは日本語でなかったのだ。

次の瞬間、男が直人とパクチュに向かって走ってきた。

「ヤバい！　逃げろ！」ふたりは事務所のほうに向かって駆け出した。

「痛っ！」自宅を脱出したときに痛めた右足が直人の逃げ足を鈍らせた。

「お兄さん、早く！」パクチュが言った。

足音が近づく。背後で男との距離が見る見る縮まっていくのが分かった。

そして、直人が、走りながらちらりと後ろを振り返ったときだった。

「あー！」

サイズが合わず少し大きかったパクチュの姉の靴が脱げてしまい、直人は前につんのめって転んでしまったのだ。

すぐに男が直人に追いついた。

「……！」男が何かを言いながら。転んだままの直人の胸ぐらを掴み腕を振り上げた。口調が怒りに溢れている。

「お兄さん！　カラテ！　カラテ！」

そうパクチュが叫ぶほうに、男の注意が一瞬逸れた。

こうなったらヤケクソだ。

「チェストー！」

「……！」

右の拳を力一杯突き上げた直人の声と、直人の顔面目掛けて腕を振り下ろした男の声が重なった。

「んぐっ」息を詰まらせ痛みに顔を歪ませたのは、男のほうだった。

何なんだこの感触は？　直人が拳を突き上げた瞬間、男の心身の中心を居抜き、ジグソーパズルのピースのように、男の全体をバラバラに砕く感覚があった。

直人は、次に左足で股間を蹴り上げ、男を払いのけた。

立ち上がって再び駆け出した直人だったが、ほんの数歩進んだところで、すぐに身体を硬直させられることになる。

パクチュが、窃盗団の別の男に捕まっていたのだ。

「パクチュ!」

「お兄さん!」

男は右腕に抱え込んでパクチュの自由を奪い、左手でナイフを直人に向けていた。

直人が空手の型を構えたときだった。

「こらー!　どろぼう!」

それはバス営業所の宿直当番の運転手だった。手に木刀のような長い棒を持って、こちらに向かって走ってきたのだ。

窃盗団の男は、慌ててパクチュから手を離し逃げ出した。残りの男たちも自分たちのワゴン車のほうへ駈け出した。

直人とパクチュは、すばやくバスとバスの間に身を隠した。

運転手は、直人とパクチュの前を走り過ぎ、直人の足から脱げたパステルピンクのスニーカーを拾い上げると、「おらおら!　待ちやがれ、くされ泥棒野郎!」と叫びながら再び窃盗団のワゴン車に向かって行った。

「パクチュ、逃げるぞ!」

「はい!」

直人とパクチュは、隠した自転車へ向かって走り始めた。

しゅるしゅるしゅるっ、ぱーん。

直人とパクチュの背後で、連発花火の最後の一発が上がった。


ふたりは無事に廃車置き場のワーゲン・バスに戻った。帰り道は何も話さずに一心不乱に自転車を漕いできたから、ふたりの息は上がっていた。

「なんで、爆弾がただの花火になっちゃってたんだろう」ようやく呼吸が整ってきた頃に、直人がつぶやいた。

「お兄さん、コレを見てください」

パクチュが、チング号を仕舞っていた段ボール箱の中から一枚の紙を取り出した。それは新聞折り込みのチラシで、裏にサインペンで文字が書かれていた。

『ムシャクシャしたときは、花火を上げてスカッとしようぜ! だいき』

「何だよこれ」直人が言った。

「大輝さんからの手紙でしょうか」パクチュが首をかしげた。

「俺たちの作戦はバレてたんだな……。それにしても、へったくそな字。自分の名前も平仮名だし」

ふたりはくすくすと笑った。

「あーあ、バスを大爆発させてみんなを驚かせてやるつもりだったのになー」

直人が残念そうに言った。

「でも、窃盗団を追い払いました」

「うん、そうだな」

少しの沈黙が流れた。

「なんか、気持ち良かったかも」直人が言うと「はい」とパクチュも顔を綻ばせた。

「ふふふ」

「ははは」

日付が変わった深夜一時。もうすぐふたりの作戦は終わる。家に帰ってからのことを考えると、不安や怖さや心細さでいっぱいだったけれど、ふたりは笑った。

この充実感と笑い声を、ワーゲン・バスに永遠に閉じ込めておきたいと直人は思った。

その二日後、直人とパクチュは逮捕された。

現場に残された、パクチュの姉のスニーカーから、まさに足が付いたのだ。

当初ふたりは窃盗団との関わりを疑われたのだが、バスの運転手の証言からほどなく窃盗団が捕まると、その疑いもすぐに晴れた。

しかし、取り調べの過程で直人の家庭環境が問題視された。母の直人に対する行為は児童虐待と認定され、直人は児童相談所を経て、児童養護施設に入所することとなった。

直人の母は児童相談所の職員に対し、怒りの感情をコントロールできないこと、直人を養育する自信がないことを涙ながらに語り、心の治療を受けることを承諾した。

児童養護施設で暮らすようになってからも直人は、パクチュとワーゲン・バスのことばかりを考え、施設の指導員や子どもたちが話しかけてきても薄い反応を返すことしかできなかった。

入所から数週間経ったある日、指導員が直人を相談室に呼び出した。

「ここで暮らしている子どもたちは、希望すればこの地域のスポーツ少年団に入ることができるんだけど、直人くんには何かやってみたいスポーツはないかい?」

身体が大きく、口髭を蓄えたその若い指導員は、顔も口調も全然似ていなかったけれど、どこか大輝に近い雰囲気を持っていた。

「サッカーや野球、バスケットボールとか、一通りの種目はあるよ。大丈夫、必要な道具やユニフォームはすべて施設で用意するから、お金のことは心配しなくていいんだ」

直人は俯いていた。そして少しのあと、心の中の海面に小さな波が起き上がることを感じながらこう言った。

「カラテはありますか？　僕、カラテをちゃんと習いたいんです」

チェ・ボング記者は、メモを取ることも忘れて草壁直人の話に聞き入っていた。

「これが私の競技生活の出発点です」草壁が言った。「いまや空手の世界王者となった男の、競技を始めたきっかけが、いかにも子どもらしい小さな嘘にあったなんて、可笑しいでしょう」

「いや、なんというか……。私は心を打たれました」チェが言った。

「そんな立派な話ではありませんよ」

チェは、あらためて草壁の全身を見た。背筋が伸びたスーツ姿の奥に、発達した筋肉と静かな熱情があることを感じた。

「パクチュ少年とは、その後ずっと交流が続いているのでしょうか？」チェは尋ねた。

「いや、実は、私が養護施設に入所している間に父親の仕事の都合でまた別の国へ引っ越したようで、あれっきりです。何せ私はパクチュの本名すら知らないのですから、小学生の私に彼を探すことは不可能でした」

「ああ、なんてことだ……」自分のことのようにチェの心は痛んだ。

「だから私は、パクチュに近い年齢の韓国人男性に会うと、それとなく『バスガス爆発』が言えるかどうかを聞いているんです。きっと今ならば彼もその早口言葉を言えるようになっているだろうと思うんですよ」草壁が照れたような笑いを浮かべながら言った。

「残念ながら私はかつてのパクチュ少年ではありません」

チェが申し訳なさそうに応えると、草壁は気になさらないでください、というように首を横に振った。

「あれから十数年が経ち、私も多少は空手を教えられるようになりました。そして、自分で靴も買えるようになった。だからパクチュに再び会って、約束を果たすとともに、お姉さんに靴を返したいのです。まさか、パステルピンクのスニーカーというわけにはいかないでしょうがね」

そう言って草壁は笑ったが、チェの眼にはその表情がどこか淋しげに写った。

「パクチュさんを探すことを、私にも協力させてもらえないでしょうか。週刊誌の記者の情報網に期待してください」

「それは心強い」草壁が微笑んだ。

「来週の世界選手権、がんばってください。時間を作って必ず応援に行きます」そう言ってチェが草壁に握手を求めた。

「ありがとうございます。私は四年後の東京オリンピックで金メダルを獲るまでは、誰にも、そして一度も負けるつもりはありません」

草壁が握り返してきた手に、チェは強い意志を感じた。

「では、私はこれで」

草壁が立ち上がって歩き始めると、チェに同行してきたカメラマンも機材を片付け始めた。

「あの……」チェが草壁を呼び止めた。

「何でしょう？」

「せっかくの想い出に水を差すことになったら大変申し訳ないのですが……」

草壁が首を傾げた。

「手製の爆弾を、ただの打上げ花火にすり替えたのは、大輝さんではなく、ひょっとしたらパクチュ少年なのではないでしょうか？」

「え？」

「大輝さんに『厄介ごとを起こすとワーゲン・バスも危うくなる』と言われ、大事件になることを回避しようとしたのではないかと思うのです。だとすれば、大輝さんが書いたという平仮名のメッセージの説明もつきます」

草壁は空中を見た。

「すみません、週刊誌の読み過ぎかもしれません」チェが笑った。

「いや、ありがとうございます。そんな可能性を一度も考えたことがなかったものですから」

考えを巡らすようにしながら、草壁は再び歩き始めた。

「それと、もうひとつ」チェがまた草壁を呼び止めた。

草壁がゆっくりと振り返った。

「爆弾、いや打上げ花火を乗せたラジコンカーですが……」

「『チング号』ですね。それが何か」

「『チング』という韓国語の意味は、『爆発』でも『爆弾』でもありません」

「え?」草壁が瞬きをした。

「『友だち』です」

草壁の動きが止まり、チェの眼をじっと見返してきた。そしてゆっくりと天を仰ぎ、瞳を閉じた。

するとすぐに、閉じた眼から一筋の涙がこぼれ頬を伝った。

その瞬間を捉えようと、すばやく構えたカメラマンのレンズを、チェ・ボングの掌が塞いだ。

二宮さんの手紙

写真家の二宮さんには、識字障害があった。

紙の上に整然と並べられているはずの文字が、二宮さんにはところどころ滲んだり、転んだり、形を変えたりして、行儀の悪い小人たちが悪戯をしているように見えるのだ。

二宮さんの、色彩や構図、瞬間を切り取ることへの研ぎ澄まされた感性は、神様がその代償として与えた才能であると評する人もいたけれど、二宮さん自身はそのことを快く思っていなかった。

なぜならば彼には、広告写真界の第一人者と称されるようになった今日までに、誰よりもたくさん悔しい思いをし、努力と研究を重ねてきたという自負があったからだ。

最高の成功者は、最良の失敗者でもある。

そのことをよく知るのは、二宮さん本人を除けば、おそらく彼の妻、絹子さんだろう。

絹子さんは、はじめ、二宮さんの写真のモデルだった。

服を取り、カメラの前に立った絹子さんは、４Ｂの鉛筆で引いたような柔らかくすっきりとした輪郭を持ち、張りのある膨らみがそれに矛盾しない陰影を付けていた。

絹子さんと一緒にいると二宮さんの心は、滲んだり、転んだり、形を変えたりした。

自分は恋に落ちたのだと気付いたとき二宮さんは、初めて自分の識字障害に対して肯定的な感情を持つことができた。

やがてふたりは、一点の曇りもない恋をして、結婚をした。以来、絹子さんは、妻として、ニノ・フォトスタジオのマネージャーとして、二宮さんを献身的に支えてきている。

二宮さんは胸ポケットから東京発盛岡行のバスの乗車券を取り出し、インクの染み（二宮さんにはそうにしか思えない）に眼を落した。

普段ならば絹子さんにこうした手配はすべて任せており、バスの乗務員に手渡すときまで、乗車券をあらためて見返すことはない。そのとき二宮さんにそれをさせたのは、東京駅八重洲口高速バス乗り場の構内アナウンスが、盛岡行バスの出発が三十分あまり遅れると伝えたからだ。

そうなると待合わせの相手をだいぶ待たせることとなる。二宮さんは小さなため息とともに再び乗車券をポケットにしまい入れた。

金曜の夜の高速バス乗り場には、もう三十年近く前の、あの頃の自分を重ねてしまうような若者たちがたくさんいる。

アルバイト代が溜まると、カメラとフィルム、それに少しの着替えをバッグに詰めて深夜バスや夜行列車に飛び乗った。

今や自分の仕事の大半は、スタジオとパソコンの前で済むようになったのだけれど、人の営みの喜びや悲しみをありのままに捉えたいと、国中を旅することで養われた姿勢は、被写体がスポーツカーや煮込みカツ丼に変わった今でもまったく揺らぐことがない。

週末に仕事が入らない限り、金曜の夜にバスで東北へ向かうようになってからもうすぐ一年と八ヶ月になる。時間の融通は利く仕事だから、夕方に新幹線で現地入りすることができる場合だって少なくない。けれど二宮さんが深夜バスを好んで利用していたのは、旅の伴としてちょうど良い、若い頃の記憶が豊富にあったからだ。

壁に寄りかかり雑踏に視線を漂わせていた二宮さんの隣にひとりの青年が立った。この青年の名を二宮さんが知るのはもう少しあとになるのだけれど、彼は田上くんと言った。

落ち着きなく何度も乗車券と腕時計を確認する仕草から、二宮さんは、彼の目的地も自分と同じなのだろうと直観した。

「君も盛岡行きかい?」二宮さんは尋ねた。

「え? ああ、そうです」

話かけられたのが自分であることを確かめるような短い間があって、田上くんは答えた。

「三十分遅れだってね」

「ええ……」

田上くんはまた時計に眼をやった。

「週末に岩手ってことは、ひょっとして君も震災ボランティアかい？」

その問いに田上くんは意表を突かれたような顔をした。

「違ったのならすまない。このバスで一緒になった人と宮古まで同行することがたびたびあるものだから」

「地震からだいぶ経っていますけど、まだボランティア活動ってやってるんですか？」

今度は逆に田上くんが尋ねた。

「記憶の風化」は、震災二年目に、被災地で最も語られた課題のひとつだ。東京に暮らす二宮さんはそれを痛感することが少なくなかったけれど、今これから岩手へ向かおうとしている若者の口からそうした言葉が出たことに違和感は拭えなかった。

「被災者の心のケアとか新たなコミュニティづくりとか、むしろこれからボランティアの活動が大事になるときを迎えるんだ」

二宮さんはできるだけ教条的なニュアンスを含まないように気を付けて言ったつもりだったけ

れど、田上くんは「何も知らなくてすみません」と小さく言って俯いた。

「いやいいんだ。気にしないでくれ。で、君は旅行かい？」

二宮さんは話題を変えることにした。

「七年前・・・」

「え？」

消え入りそうな声に二宮さんは聞き返した。

「七年前、中学卒業のときに未完になってしまった卒業文集の完成版を届けに行くんです」

詳しい事情を聞くべきかどうか躊躇していたところへ、無遠慮な声が割り込んだ。

「遅れておりました盛岡行き、ただいま到着しました」


いつもよりバスが遅れた分だけ喧騒を鎮めた東京の景色を車窓に流しながら、バスは北へと向かった。

眼を閉じ、バスに揺られ、次に眼を開けるとそこは、街の規模の違いというだけでは説明がつき難い慎ましやかな雰囲気をまとった早朝の盛岡で、そこから車に乗り換え二時間も東へ進めばもう被災地、宮古だ。

バスの席に着くといつも、そのことに思いが至り二宮さんの心に微かな緊張が走る。それをほぐすため携行用のウィスキーボトルをリュックから取り出し、強めの酒を喉に流す。

今夜に関しては、途中で会話を切り上げざるをえなかった青年のことも気になった。彼は自分からは見えない後方に座ったようだ。

眠りと思考の境界を行ったり来たりしながら、いつもより残量が少なくなったウィスキーボトルの蓋を閉め、二宮さんがやっと眠りに落ちたときには、バスは栃木県の北部を走っていた。

その晩、二宮さんは夢を見た。

正確には、それは夢と言うより回想に近いものだった。

二宮少年は、何度も眼をこすり、しばたたかせ、意識を原稿用紙に集中させようとしていた。五年一組の教室には、二宮少年ひとりしか残っておらず、黒板の上のスピーカーからは「遠き山に日は落ちて」が流れていた。

その歳の頃にはもう二宮少年には分かっていた。どんなに眼を凝らし意識を集中させても、自分にはみんなと同じように文章を読んだり書いたりすることができないのだということを。

だから夏休みの宿題である『十五少年漂流記』の読書感想文を、二宮少年はひとつの絵で表現することにした。

一日数十ページずつ祖父に朗読してもらったときの興奮はその夏一番の想い出と言って良い。縁側に祖父とふたりで座り、膝に顔をうずめて、祖父の、しわがれた、それでも情感に溢れる朗読に聞き入った。

裏返した原稿用紙の上で色鉛筆を何本も短くし、二宮少年の感動と興奮は夏休みが終わるまで続いた。

けれどそれも、担任教師にやり直しを命じられるまでのことだった。

夕日が差し込む教室で、二宮少年は、今度は鉛筆と消しゴムを短くすることとなる。

「テェアアン島」「チマアン島」「チェマアソ島」……。

二宮少年には、漂流した少年たちが辿り着き、自分たちで名付けた「チェアマン島」を記すことだって一苦労だったのだ。


鉛筆の芯が折れたところで眼が覚めた。

バスはどこかのパーキングエリアに入り、運転手の交替をしているところだった。

薄れていた記憶が夢の中で鮮やかに甦ったことに二宮さんは驚いていた。窓を少し開けると、東京を出発したときよりもぐっと冷えた夜気が入り込んできた。

二宮さんはポケットからウィスキーボトルを取り出し口元まで運び、思い直して蓋を閉め、すぐにポケットに押し込んだ。そして、再び眼を閉じるとほどなく眠りは訪れ、今度は朝まで夢を見ることはなかった。

真夜中を突っ走るバスは、二宮さんのゆりかごのようだった。

野乃花さんは盛岡駅西口再開発地区の小さな公園に車を停め、アウトドア用の椅子とテーブルを並べて二宮さんの到着を待っていた。テーブルにはコットン生地のクロスが掛けられ、コーヒーサイフォンとフルーツ、そして野乃花さんが作ったクラブサンドが用意されていた。

高速バスは、十分や十五分、時間が前後することは当たり前だったから、野乃花さんはいつも到着予定時刻の三十分前にはここに来て、二宮さんのためにモーニングセットを整えていた。

バスの到着が遅れたときには、本を読んだり、カメラを持って近隣を散策したりして時間を潰した。

野乃花さんのカメラは、かつて野乃花さんのお父さんが愛用していたものだ。三陸人のくせに泳げず、呑めず、海鮮が苦手だったお父さんの唯一と言って良い趣味が写真だった。

もう住むことは無理だろうというくらいにぐちゃぐちゃになっていた実家の二階でこのカメラを見つけたのは、地震発生から三日後のこと。その一週間後に、お父さんのカメラは、形見となった。

実家はなくなり、ふるさとは姿を変えてしまった。被災地のために何かをしなければと思う反面、瓦礫の撤去や避難所の手伝いは自分の使命ではないのではないかという気もしてずっと行動を起せずにいた。

お父さんのかつての写真仲間から、沿岸地域の案内役と撮影のアシスタントができる人を探していると声をかけられ、直観的に応諾した。

こうして野乃花さんと二宮さんは出会った。

「もっと脇をしめて」などと、かつてお父さんから受けたアドバイスと同じことを二宮さんから言われると、とても嬉しく、誇らしくもあった。


野営と言うには長閑過ぎるけれどピクニックとしては緑が足りない、街なかの小さな公園の即席カフェに二宮さんが姿を現したのは、野乃花さんが、フルーツを狙ってテーブルに降り立ったシジュウカラにカメラを向けたときだった。

ファインダーの中に二宮さんを認めた野乃花さんは、片手でカメラを構えたまま、もう片方の手の人差し指を唇の前に立てた。

シャッター音に驚いたシジュウカラがフルーツを諦めて、素早く空に上がった。

「私の朝食を奪われることよりも撮影を優先させるなんて、さすが私のアシスタントだ」

二宮さんが笑って言った。

「ふふふ。師匠の教えに忠実なんです」

野乃花さんも笑顔で応じた。「今日はまた、いつもより遅かったんですね」

「そもそも東京駅発が三十分遅れてね。お待たせして済まない」

「仮設住宅の約束の時間まではまだ余裕がありますから、少しゆっくりなさってください」

そう言って野乃花さんは、サイフォンのアルコールランプに火を点けた。

「ありがとう。そうさせてもらうよ」

二宮さんは椅子に腰を降ろしてテーブルに手を伸ばし、葡萄を一粒口に含んだ。

種をぷっと草の上に飛ばすと、樹の上から再びチャンスを窺がっていたシジュウカラが降りてきて気忙しげにそれをついばんだ。

早朝の空気は冷たく身を引き締まらせたけれど、晩秋の盛岡の景色はとても美しかった。

「気持ちの良い朝だ」

「ええ。待っていることがまったく苦になりませんでした」

「野乃花さん、美味しいコーヒーを頼みますよ」

朝陽の眩しさに眼を細め、穏やかに言葉を交わしながら、ふたりはお互いが同じことを考えていると分かっていた。

それは、数時間後には沿岸被災地の過酷な状況を直視しなければならないということだ。

その日の夕方、スマートフォンの地図アプリに導かれて海岸沿いの町にたどり着いた田上くんは、そこにあるべき住宅や商店がひとつもないことに言葉を失っていた。

かつてここに人の営みがあったことを示す痕跡は住宅の基礎のコンクリートだけだった。

「遺跡だ・・・・」

田上くんは、自分がそう言うのを聞いた。

風が通り過ぎ、田上くんは小さく身震いをしたのだけれど、それは気候の見積りを誤って軽装で来てしまったせいだけではなかった。

「こちらにお住まいだった方ですか？」

田上くんに声をかけたのは野乃花さんだった。

二宮さんと野乃花さんは、仮設住宅でのボランティア活動のあと、日暮れまでの時間を撮影に充てていた。いつものことだけれど、二宮さんは撮影がはじまると夢中になってしまい、いつのまにか独りでどこかへ消えてしまうのだ。二宮さんの帰巣本能に期待して、停めた車からあまり離れないところで二宮さんを待つのが野乃花さんの役割だった。

「え？　いや・・・・。知り合いを尋ねてきたんですけど、その人の住所に建物がなくて・・・・」

田上くんは途切れ途切れに答えた。

「市役所へは行ってみましたか？　犠牲者名簿を確認してみれば・・・・」

そこまで言って野乃花さんは、一度言葉を区切った。

「直截的過ぎてごめんなさい。私たちはこういうことに慣れ過ぎてしまいました。でも、こういう状況ですから、その可能性も考えてみるべきだと思います」

田上くんはもう一度、荒涼とした遺跡群に視線を流した。

田上くんの足元の住宅基礎には『ガレキ撤去お願いします』という文字がスプレーで書かれていた。それが視界に入る範囲で唯一、人の意思と言えるものだった。

「ありがとうございます。そうしてみます」

田上くんは野乃花さんに頭を下げ、来た道を戻り始めた。

立ち去る田上くんの背中を見送っていた野乃花さんの視線の先に二宮さんが現れた。そして、田上くんとすれ違いそうになったところで驚いたような表情をして足を止め、ふたりの間に会話が始まったようだった。

少しして二宮さんが田上くんを連れて野乃花さんのところへ戻ってきた。

「野乃花さん、この青年は漂流者のようだ。私たちの船に乗せてあげよう」

二宮さんが上気した顔で言った。

結局、市役所では何も手掛かりは得られなかった。

「犠牲者名簿に名前は無かったし、震災前、その住所には違う苗字の人が住んでいたと言われました」

田上くんはふたりにそう報告した。

野乃花さんが運転する車は、日が落ちてすっかり暗くなった国道一〇六号線を西へ向かって走っていた。宮古市内から内陸方面に向かって十分も走ると、ここが沿岸地域とは思えないような谷あいの景色が続いた。

駅前付近で降ろしてもらえれば自分でビジネスホテルでも探すと言った田上くんを、二宮さんは笑いながら止めた。この辺りのホテルや旅館はほとんど復興関連業務を請け負っている業者に長期的に押さえられていたのだ。

二宮さんは、自分たちの宿泊先には余裕があるはずだから一緒に来ないかと田上くんを誘い、彼もその申し出を受け入れた。

「それは考えようによっては良い結果じゃないかしら。田上さんの探し人がどこかで無事でいる可能性が高まったってことでしょう?」

ハンドルを握る野乃花さんが言った。

「けれど、オレにはこれ以上の手がかりがないんです」

「ご近所の人に尋ねようにも、あの状況ではね」二宮さんが言った。

田上くんは、先刻見た、歴史から忘れ去られた遺跡群のような風景を思い出していた。

本当は午前中のうちにあの場所に到着できたのだけれど、宮古に着いたところで迷いが生じてしまった。宮古駅の待合室に座り、未完の卒業文集のことをずっと考えていた。

しばらくして田上くんはゆっくりと歩き始めた。

行くべきか、やめるべきか、すっきりと決められない。ならば、歩きながら考えよう、地図を見れば徒歩で二時間はかかりそうな道のりだ。その気になればいつだって引き返すことができる。そう思って歩き始めたのだけれど、やがて心の逡巡を圧倒的に押しのける街の風景に足をすくませることになった。

あの人の家はどうなっているのか。そして本人は無事なのか。落ち着かない心持ちのまま進むうちに、田上くんは、あの遺跡群の真ん中に立っていた。


「お待たせしました。到着です」

野乃花さんが車のエンジンを切りながら言った。「ようこそ、『みやこキャンプ』へ」

回想から呼び戻された田上くんは、慌ててリュックを担ぎ、車を降りたところで眼を丸くした。

「え？　ここは？」

「廃校になった高校の分校校舎を活用して開設された東日本大震災のボランティア・キャンプ

だよ」

二宮さんが田上くんの背中を軽く叩いて歩き始めた。

「オレはボランティア活動なんてしませんよ」

田上くんの声には、不当な扱いを受けたというようなニュアンスが含まれていた。

「ならば君は今夜、野宿か、長い時間をかけて盛岡まで逆戻りだ」

二宮さんは立ち止まらずに言った。

「教室に畳を並べただけの宿泊所だけれど、畳の上で寝られるボランティア・キャンプなんてそうそうないぞ」

「さあ、入りましょう。まずは美味しいコーヒーで身体を温めたらいいわ」

野乃花さんが田上くんの背中を押した。


かつては調理実習室だった食堂に入ると、アイランド型の調理台を囲み、いくつかのグループをつくって、三、四十人のボランティアがにぎやかに食事をとっていた。中には、缶ビールや一升瓶を開け、すでに宴たけなわといった様相のグループもあった。

「おー、ニノさん、野乃花ちゃん、お疲れさまですぅ」、「どーも、お久しぶりで！」、「今回はどちらの仮設住宅での活動ですか？」

常連のボランティアから次々に声がかかり、ふたりは笑顔でこれに応えた。

三人分の空いているスペースを見つけ腰を落ち着けるとすぐに二宮さんと野乃花さんは、リュックから食材を取り出して夕食の準備に取り掛かった。

「私と野乃花さんはこれからチーズクリーム・リゾット作りに入る。ここは自炊が基本なんだ。少し時間がかかるから、それまで田上くんは施設内を一回りしてくるといい」

すでに仲間内で出来上がっているような雰囲気が少し居心地悪かった田上くんは、二宮さんの提案どおりにすることにした。

調理実習室がある一階は、職員室がスタッフルームになっており、二階に上がると音楽室が女性の宿泊室、理科室はフリースペースだ。理科室には、食堂の輪の中には入らずに、シリアル食品やカップ麺を片手にノートパソコンに向かってキーボードを叩いている若者が何人かいた。

三階には普通教室が三室あって、いずれも男性の宿泊室になっていた。二宮さんが言ったとおり床に畳が並べられただけの居室ではあったけれど、タオルが干されてあったり、寝袋が整えられたりしていて、生活の匂いを強く染み込ませてもいた。

ふと、黒板のチョーク置きの片隅に置かれてある一冊のノートが眼に留まった。手に取ると、それはたくさんのボランティアたちが書き残していった雑記帳だった。

『被災地の皆さんを励ましに来たのに、逆に自分が元気をもらったような気がします』

『ここで出会えた仲間たちと、ここで過ごした日々は生涯の私の財産です。みやこキャンプ、サイコー！』

『ここに来て自分を変えることができました。ありがとう！　また来ます！　宮古の一日も早い復興を祈っています！』

「卒業文集かよ」

そうつぶやいて、田上くんはノートを閉じた。

三人は缶ビールで軽く乾杯をして、食事を始めた。

二宮さんと野乃花さんは食べながら今日一日の活動を振り返っていた。田上くんは会話に入り込むこともできず黙々とリゾットにフォークを突き刺した。

途中、二宮さんが「私たちは明日、このボランティア・キャンプがコーディネートした側溝の泥出し作業に参加するんだが、田上くんも一緒にどうだい？」と話を差し向けた。

二宮さんと野乃花さんは、こんなふうに週末の初日を独自の活動に充て、二日目はボランティア・キャンプの手配に従った活動に参加することを常とした。

「いや、オレは、やることがあるんで……」

田上くんは首を横に振った。

隣のテーブルでは古参のボランティアを中心に酒宴が盛り上がっていた。

「寺岡さんはここに来られてどれくらいになるんですか?」

初めてこのキャンプに来たという女子学生がリーダー格の男に尋ねた。

「もうすぐ十ヶ月だね」

「十ヶ月! すごーい!」

「最初は一週間のつもりだったんだけどね。ひとたび被災地に入ったら中途半端に引き揚げられなくなっちゃってさ。ほら、そこの辻村くんだって、もう半年近くになるよ。実は辻村くんは震災前、引きこもりだったんだぜ」

「勘弁してくださいよ、寺さん」

うるせぇな。田上くんは心の中でつぶやいた。

「そういう寺さんだって、フリーターだったんじゃないですか」

「ちげぇよ。オレはいつか自分の店を持つためにあちこちの飲食店で修行してたんだ。辻村くんと一緒にすんなっての」

「実際、寺さんのカルボナーラは絶品っすよ」

「わー、食べたい、食べたーい!」

「よっしゃ、じゃあ明日の夜、久しぶりに作っちゃいますか」

ちっ、ノリはキャバクラと変わんないじゃないか。田上くんはビールを一気に飲み干した。

「マジな話、オレたちにできることって復興っていう一大国家事業のほんの一部分でしかないんだけど、それだって誰かがやらなきゃ進まないんだ。被災者から何度もありがとうございますって言われたら、カネや時間が許す限りここで力を尽くそうって思っちゃうよ」

「それ、自己満足だろ」

田上くんは、今度は実際に小さく声に出して言って、空き缶を握りつぶした。

「おい、お前、今なんて言ったよ！」

寺岡さんが張り上げた声に、椅子の倒れる音が重なった。

「だから自己満足じゃねぇのって言ったんですよ」

田上くんも立ち上がって振り向いた。

慌てて、二宮さんと野乃花さんがふたりの間に入った。

「どうせお前は何にもやってねぇんだろうが。訳知り顔で人や社会を批評しても、結局、臆病を隠す上っ面の言葉で、自分からは何も行動を起こさない。虫唾が走るんだよ、そういうの！」

田上くんに掴みかかろうとした寺岡さんを二宮さんが押しとどめた。

「寺さん、すまん、ここはこらえてくれ」

「あんたらだって社会の流れに取り残されてたのが、やっと人の役に立って、ここに居場所を見つけたってだけじゃないですか！　被災者を喰いものにしてるのと変わんないんだっつーの。だったら何もしないオレのほうがよっぽどマシだと思いますけど！」

田上くんの悪態は、眼にいっぱいの涙を溜めた野乃花さんに頬を叩かれるまで続いた。

「あの日もちょうどこんな誰もいない教室に呼び出されました」

二宮さんに連れ出された田上くんが話し始めたのは、宿泊室の畳に腰を降ろし、しばらくしてからのことだった。

カーテンの隙間から忍び込む月明かりが、暗がりの中に二宮さんと田上くんの顔を浮かび上がらせていた。

「中学三年の秋、オレは卒業文集の編集委員を務めていました。『編集委員』って聞こえは良いですが、仕事と言えば、なかなか提出しないクラスの連中に原稿の催促をして、誤字脱字をチェックして印刷屋さんに渡すという退屈なもので、つまりは、受験勉強に忙しい時期で誰もやりたがらない役割が、ノーと言えない奴のところに回ってくるってだけのことなんです。苦労をして原稿を集めて校正も終わり、いよいよ明日校了という日になって、金澤結心《ゆうこ》さんという女子から呼び出されました」

そこまで言うと田上くんは、リュックの中からクリアファイルに挟んだ原稿用紙を取り出して二宮さんに手渡した。

「それが、金澤さんが『差し替えて欲しい』と言ってオレに渡した原稿です」

二宮さんは二つ折りにされた原稿用紙を開き、すぐに閉じて田上くんに返した。

「すまないが、私は文字を読むのが苦手なんだ」

田上くんは、表情を変えず話を続けた。

その作文は、クラスメートや担任教師を痛烈に批判し、またそれに異議を唱えてこなかった自分自身を責める内容のもので、卒業文集に掲載するものとしてはいささか刺激が強過ぎるものだった。

その場で原稿を読んだ田上くんが「いいの？　これ？」と言うと、結心さんはただコクリと頷いた。

田上くんは、そのとき、こんなの自己満足の偽善だと思った。なんだよ、最後の最後になって自分だけ良い恰好しやがってと。

「担任の山根がなんて言うかな。それに印刷屋さんにも悪いし」

田上くんは彼女の翻意を誘おうとした。

「だから今日なの」

結心さんは田上くんの眼を真っ直ぐに見た。

「山根には見せないで。このまま印刷に回して欲しいの」

田上くんはもう一度結心さんの作文に眼を落した。

「最終判断は田上くんに任せる。私も田上くんの立場を悪くすることはしたくないし」

結心さんは田上くんの返事を待たずに、最後に、じゃあね、と言って歩き始めた。

そして、教室の扉に手をかけたところで立ち止まり、再び田上くんのほうを向いた。

「私ね、中学校を卒業したらこの町を出ていくの」

「え?」

「だから作文が原因で中学の友達から白い眼で見られるとか、そういう心配はしなくて良いから」

結心さんの気持ちを受け止め、自分の中に生じた小さな心の動きを言葉に変えることは、十五歳の田上くんには難しいことだった。

「受験がんばろうね」

「あ、うん……」

田上くんと結心さんが言葉を交わしたのはそれが最後になった。

田上くんは結局、結心さんの原稿を差し替えなかった。

文集が配られた卒業式の日、お互いの作文を茶化しふざけ合っているクラスメートの中で、田上くんは結心さんの顔を見ることができなかった。

結心さんが両親の離婚により、母親の実家の岩手県に引っ越したと田上くんが聞いたのは、東京に桜の満開が宣言された四月に入ってからのことだ。

「中学校の卒業文集のことなんてずっと忘れていました」

話しながら田上くんは、宿泊室の黒板の前にあの日のふたりを見ていた。

「オレ、就活で結構苦労して、四年生の夏になってやっと内定を取ったんです。会社が名古屋にあるんで近いうちに家を出ることになるんですけど、部屋を整理してたらこれが出てきました。なんか凄く懐かしくなっちゃって。金澤さん、今何してんだろうとか思っているうちに、あの作文を掲載しなかったことを金澤さんに謝らないと僕が編集した卒業文集は完結しないって思えてきたんです」

田上くんの横顔を見ながら二宮さんは、原稿用紙の裏に描いた自分の『十五少年漂流記』の絵は、いったいどこにいったのだろうとぼんやり考えていた。

建物が波にさらわれ、生活の痕跡が剥ぎ取られた街区にも雨は降る。

かつて排水の機能を担っていた側溝には、津波によって運ばれたヘドロや海砂が堆積したままになっていて、雨が降ると行き場を失った雨水に辺りは浸され、復興工事や人の往来を妨げる。震災から一年八ヶ月余りが過ぎ、こうした側溝の泥上げなどの地味な作業がボランティアニーズとして発生していることはほとんど知られていない。

十一月の寒さの中、Tシャツ一枚だけの田上くんの身体は汗だくだった。作業が始まってからずっと、黙々とスコップを振っている。田上くんとペアを組み、田上くんが掬った泥をネコ車に乗せ換え、集積場所まで運び出す寺岡さんの息も荒い。

朝、キャンプの朝礼に参加している田上くんを見つけて二宮さんは驚いた。

昨晩、田上くんの話を聞いて、彼はここにいるべきではないと判断した二宮さんは、最寄りのバス停と発着時刻を教え、彼もまたそれに頷いたのだった。そして今朝、目が覚めて隣に彼の寝袋や荷物がないことを認め、田上くんがここを去ったのだと悟った。

驚いて野乃花さんの顔を見ると、彼女はいたずらっぽく笑っている。

「立ち去ろうとしていた彼に『何の活動もしないで宿泊だけして去る人は、きっと、みやこキャンプ始まって以来ね』って言ったら、チッって舌打ちしながら『長靴とか手袋は、借りられんですか』だって。ふふふ」

休憩時間となり、ボランティアたちはブルーシートに腰を降ろした。

「思っていたよりやるじゃねぇか。でも飛ばし過ぎると後が続かねぇぞ」

寺岡さんはそう言って田上くんに冷たい麦茶が注がれた紙コップを渡すと、すぐに仲間たちの輪の中に戻っていった。

「確かに君の言うとおりかもしれないな」

二宮さんが田上くんの隣に腰を降ろして言った。

「何がですか?」

田上くんが紙コップを口に運んだ。

「みやこキャンプで長く活動をしている連中のなかには、震災前は空疎な生活を送っていた者も少なくない。皮肉にも奴らは震災に救われたんだ。でもな、あんなに気持ちが良くて豊かな発想を持った連中が、肩身の狭い思いをして、大災害でも起きなければその良さを引き出せないのだとしたら、そんな社会のほうがクソだと思わないか」

田上くんは、自分が生まれ育った東京の町のことを思った。あらゆるものが揃っている東京で、自分が選び取ったものは、よりによって底が抜けた違和感だ。

「みやこキャンプには専任のスタッフがいて、彼らが最低限の管理をしているが、基本的にボランティアの自治によって運営されているんだ。みんなで話し合い、ルールを決め、トラブルや不便は知恵を出しあって解消していく。そうだ、まるで『十五少年漂流記』のチェアマン島みたいじゃないか」

そう言って二宮さんは笑った。

「だとすれば、オレは島を襲撃する水夫ってとこですかね」田上くんが応じた。

「そうなるかどうかは、君次第だよ」


活動を終えてキャンプに戻り、道具の洗浄や後片付けをして、さらにシャワーで身体の汗と泥を流し終えると外はもう日が暮れていた。

二宮さんは、その日のうちに東京へ戻るため、ここでキャンプを離脱して野乃花さんの車で盛岡へ向かう。

「田上くん、君も東京へ戻るんだろう。一緒に野乃花さんの車に乗せられていかないか」

二宮さんがジャンパーを羽織りながら言った。

「盛岡駅まででで良いかしらね？」

野乃花さんが二宮さんの言葉を引き継いだ。

「あの、オレはもう一泊して明日帰ります」

「え？　本当に？」

二宮さんと野乃花さんの声が重なった。

「寺岡さんが『オレのカルボナーラを食ってから帰れ』って言うんで、どんなもんかなって思って……」

二宮さんと野乃花さんは顔を見合わせて、相好を崩した。

なぜならば、ふたりは、寺岡さんのカルボナーラには、ここを離れ難くする不思議な成分が入っていることを知っていたからだ。


次に二宮さんがみやこキャンプを訪れたのは、それから一ヶ月後の土曜日の早朝のことだった。二宮さんは福島と宮城でも同様の活動を行っており、仕事で週末が潰れることもあるから、岩手に来られるのは一、二ヶ月に一回程度となる。

驚いたことに田上くんはまだボランティア・キャンプに残っていた。

「少し精悍になった印象だね」二宮さんが言った。

「まだまだ側溝の泥上げ作業が続いています。ある場所の作業が終わる頃に、別の地域から新たな依頼が入る。そんなことの繰り返しで、帰るタイミングをなかなか掴めずにいます」

田上くんは照れ臭そうに笑い、最後に「休みの日には、金澤さんの消息を尋ねて歩いています」と付け加えた。

「ちょうど良かった。今回は野乃花さんの都合がつかなくてね。パートナー探しから始めなきゃならなくて早めにここに来たんだ。田上くん、車の運転は大丈夫だね？　今日一日私のアシスタントをしてくれないか」

「いいですけど、どんなボランティアなんですか？」

「仮設住宅で、被災された方の家族写真や肖像写真を撮るんだ」

二宮さんが、機材の入ったハードケースを田上くんに手渡した。


東日本大震災の発生直後から二宮さんは、岩手、宮城、福島の被災地に深く入り込み写真を撮り続けた。救援、復旧、復興という大きな物語に人々が動員されようとしているとき、その後景に追いやられ、見落とされてしまいがちな、無名の人の尊い生命のほとばしりがあることを、若き日の経験から知っていたのだ。

取り残されていた老人を負ぶい、高台の避難所へ向かう階段を上る自衛隊員。

街が瓦礫に埋め尽くされる中、やっと啓開された道を、わが子を探して歩き回る母親。

突然の避難指示によってゴーストタウンとなった街角をうろつく、野犬化した犬達のぎらついた瞳。

そうした一つひとつに二宮さんは泣きながらシャッターを切り続けた。

やがて夏が近づき、次々に仮設住宅が建設され、避難所の縮小や閉鎖が進んでいたある日、カメラを携え入った仮設住宅団地で、ひとりの老人に二宮さんは呼び止められた。

「私は家や息子家族とともに、家族の記憶である写真もすべて失ってしまいました。今や残されたのは私と家内だけです。着ている服も救援物資としていただいた質素なものですが、これから始まる生活の最初の一枚として家内と私の写真を撮ってくれないでしょうか」

ふたりきりで並んで写真を撮るなんて祝言のとき以来、半世紀ぶりじゃないかと、カメラの前で老夫婦はよく笑った。

シャッターを切り、思い出話を聞き、またシャッターを切る。

撮影が終わると老人は手で顔を覆い「年寄りのわがままに付き合ってくれてありがとう」と声を詰まらせた。

深く皺が刻まれた指のすきまからこぼれ落ちる老人の涙を見たとき、二宮さんは被災地での活動を家族写真中心にしていこうと心に決めた。

それが、被災者のために自分ができる本当のことだと知ったのだ。

仮設住宅団地の集会所に即席の写真スタジオが設えられた。二宮さんの指示に従って田上くんが、背景布やライトをセットしたものだ。

撮影会の開始時刻が近くなり、団地の住民が集会所前に集まり始めた。みな、お気に入りの洋服を着て、女性はいつもより入念に紅を引いている。

田上くんは、受付名簿に氏名、住所を記載させ、整理券を配り、二宮さんの撮影の進行状況を見ながら住民を誘導した。

撮影スタジオは二宮さんの人柄そのままの温かな空気に包まれて、シャッター音に何か催眠的な仕掛けがあるのではないかと思えるほどに、人々は自分や家族のことを語り、泣いたり笑ったりしながら、時間は満ちた。

「震災で娘と孫を亡くしました」

南さんという高齢の女性がカメラの前で居住まいを正し、二宮さんに語りかけていた。

「私はあの日、整形外科の受診のために外出していました。もうこの歳になると膝やら腰やらあちこちが痛んでしまってね。いつもなら地震があった二時四十六分頃には家に帰っているのですが、あの日に限って外来がとても混んでいましてね。地震があったときにはまだバスの中にいて難を逃れたんです。けれど、娘と孫は、私が自宅に独り取り残されていると思ったのでしょう。外出先から自宅に戻ったところで津波に遭ったのです……」

「そうでしたか……。南さん、こうしてファインダーを覗いていると、娘さんとお孫さんが今、南さんの隣で笑っているような気が私にはするんですよ。三人で一緒に写真を撮るつもりで一番の笑顔をお願いしますね。はい、じゃあ撮りますよー」

「あら嬉しい。これからも三人で歩いていかなくちゃね。よろしくお願いします」

二宮さんには南さんの家族の姿が本当に見えているのかもしれない、田上くんはそう思った。

「では、数ヶ月後、写真が出来上がり次第、自宅にお送りしますので楽しみにお待ちくださいね」

そう言って受付名簿に撮影終了を表す赤丸を記そうとした田上くんの手が止まった。

そこに記されていた住所は、金澤結心さんのものと同じだったのだ。

「あの、南さん、失礼ですが、金澤結心さんという女性をご存じないですか？」

田上くんは、何か小さな手がかりでも得られればと尋ねずにいられなかった。「南さんがここに書かれた住所に住んでいたことがあると思われるのですが」

二宮さんも状況を察知して、南さんの次の言葉を待った。

「あら、私ったら。つい震災前の住所を書いてしまうんですよ」南さんが言った。「結心は私の孫です。ただ、金澤という苗字は、母親が離婚する前のもので、中学校を卒業してこちらに越してきてからは母方の『南』を名乗っていました」

田上くんは天を仰いだ。

「心の優しい良い子でした。新聞記者になりたいという夢がもう手の届くところまできていたのに、叶えてあげられなかったことが、本当に悔しくて、可哀想でなりません」

南さんがそう言い終わらぬうちに、田上くんはその場に崩れ落ち、声を上げて泣いた。


東京に桜の満開が告げられた四月第一週の木曜日、二宮さんの自宅兼スタジオに一通の手紙が届いた。

「あなたに私信が届いているようだけれど、開けても良いかしら」

絹子さんがパソコンに向かって仕事中の二宮さんに話しかけた。仕事上の文書なら絹子さんが処理するのだけれど、私信のときは二宮さんに確認をして開封するのが常だった。

「誰からだい?」

背を向けたままの姿勢で二宮さんが言った。

「田上さんという方からのようだけど」

「ほぉ、田上くんか」

二宮さんはくるっと椅子を回して絹子さんを見た。

「読み上げてくれないか」

手紙には、短いお礼の言葉と名古屋で新米サラリーマン生活が始まった報告が述べられていた。

そして、南さんへ写真を送る際に一緒に送って欲しいと金澤結心さんの作文も同封されていた。

二宮さんは、絹子さんに田上くんをめぐる一連の出来事を話した。

「そしてこれが、その結心さんって子の作文ってわけね」絹子さんが言った。「これも私が読み上げていいのかしら」

「ああ、ぜひそうして欲しい」

二宮さんはパソコンの電源を落とし、両手を頭に乗せて組み、眼を閉じた。


『中学生活の三年間は、私にとって、とても充実したものだった。バスケ部の部活に打ち込んだことや二年生の秋から携わった生徒会活動が、私を大きく成長させてくれたと思っている。

けれど、中学生活の最後に私は、クラスのみんなにひとつの問題を提起せずにはいられない。

それはT君のことだ。T君は、一部のクラスメートから執拗ないやがらせを受けていた。人格を傷つけるような冷やかしを受けたり、「失神ゲーム」を強要されたり、そう、あれは「いじめ」だ。

クラスのみんなは知っていたはずだ。担任の山根先生だってあれがじゃれ合いとしては度が過ぎていることを分かっていながら、軽い注意しかしてこなかった。

特に酷いのはこの私だ。T君と幼なじみで小学校のときから一緒に遊んできた友達だったのに、彼を助けようとしなかった。

次に自分がターゲットになってしまうことが怖かったということはもちろんある。

でも、それ以上に「やられるほうにも問題がある」なんて、みんなで作り上げた都合の良い解釈（それは「空気」と言っても良い）の居心地良さに抗えず、T君に励ましの声もかけられなかった自分に何よりも吐き気がする。

私は、愚かで卑劣な加害者だ。

将来、私はジャーナリストになりたい。

民族紛争や大災害の現場から、路地裏、町工場、老人ホーム、そして学校まで、自分の足で赴き、声なき声に耳を傾けたいのだ。

そして、集団がときとしてなぜ正義の名の下に狂気に陥ってしまうのか、そのことを問い続けていきたい。

それは、私の生涯をかけた贖罪でもある。』

絹子さんの朗読には、もちろん、十五歳の女子生徒の清新さはなかったけれど、結心さんの葛藤や決意を伝えるに充分な情感があった。

二宮さんは、しばらくの間、朗読を聞いていた姿勢のままでいた。

「あなたが何を考えているのか当ててみましょうか」絹子さんが言った。

「たぶん君と同じことだよ」二宮さんが応えた。

「結心さんの作文にあるT君とは、おそらく田上さん本人よね」

「うん、そう考えて間違いないだろう。田上くんは、結心さんの作文のことを忘れていたと言ったけれど、ずっと覚えていたんだろう」

「田上さんの高校、大学時代を通じて心の支えになっていたのかもしれないわね」

「苦労をして就職が決まったこのときに、彼女へ感謝を伝え、成長した自分を見てもらいたかったのではないだろうか」

そう言うと二宮さんは、また眼を閉じた。

少しして、二宮さんは何かを思いついたように眼を開け、椅子の背もたれから身体を起した。

「田上くんに返事を書きたいんだが、口述筆記をお願いしても良いかな」

「もちろんよ」

そう言うと絹子さんは一度、二宮さんの仕事部屋を出て、便箋と封筒を持って戻ってきた。

「さあ、どうぞ」

絹子さんは机に着いて用意を整えた。

二宮さんは腕を組み天井を見上げた。

「君の人生はこれからだ」

「君の、人生は、これからだ」

絹子さんは復唱しながら万年筆のペン先を便箋に滑らせた。

その後、しばらくの沈黙があった。

「なあ、思うんだが……」

二宮さんが口を開いた。

「え？　これは書き起こさなくて良いのよね」

絹子さんが眼をしばたたかせた。

「自分で、書いて、みようかな……」

二宮さんが慎重に言葉を紡いだ。

「まあ、驚いた！　私にだって恋文を書いたことがない人が手紙だなんて！　ええ、是非そうするべきだわ」

絹子さんは、頬を紅潮させながら万年筆と便箋を二宮さんに手渡した。

「すまないが、外してくれないか」二宮さんが言った。

「ええ、夕飯の支度を始めていますから、終わったらいつでも声をかけてください」

絹子さんは最後に「頑張ってね」と付け加え、ウィンクをして部屋を出て行った。

およそ三十分をかけて二宮さんは田上くんへの手紙を書き上げた。

そして、再び絹子さんを呼び、便箋を手渡した。

「ちゃんと読める文字になっているかい？」

絹子さんは、二宮さんの手紙に眼を通した。

「あら、あなたってチャーミングな文字を書くのね」

絹子さんの顔がほころんだ。

「君の人生はこれからだ。君だけの……、ち、え、あ……ん？　知恵は？　万と？　ち……」

そこで絹子さんの朗読は止まってしまった。

「せっかく頑張って書いたのに、残念ながらこれは書き直しが必要かしらね……」

絹子さんの声は、自分に責任があるかのように次第にしぼんでいってしまったのだけれど、二宮さんは笑顔のままだった。

なぜならば、二宮さんは、本当にそう書いていたのだから。


『きみのじんせいはこれからだ。

きみだけのチェアマンとうを、めざせ』

幻想即興曲

大通商店街の片隅に小さな古書店があることを、西野朝香《ともか》は、叔母の勧めでアルバイトを始めるまで知らなかった。

それまでのおよそ三ヶ月間を、叔母美羽の家に閉じこもって過ごしていた朝香を見るに見かねたのだろう。

「朝《とも》ちゃんが居てくるのは嬉しいけどさ」大福餅をほおばりながら、くぐもった声で美羽が言った。「これじゃあオトコも連れ込めないじゃない」

県立病院に看護師として勤め、女ひとりで生きてきた叔母なりのやさしさが身に染みた。口の周りに付いた餅の粉が、空気を和ませるための演出だとしたら完璧というほかなかった。

「美羽叔母ちゃん、私がここに居候する前だってずっと独身だったじゃない」

それでもそのときの朝香には、こんな悪態で応じることしかできなかった。

「私は、恋愛に生きるために結婚という形を選ばなかっただけよ」

「うぐっ」

朝香は美羽の言葉に餅を喉に詰まらせそうになった。

美羽の顔を見返すと、四十歳を超えて弛みを隠せなくなった顎の動きに心なしか力が入ったように見えた。

ひょっとして結構マジ？

美羽の静かな迫力に気圧されたことと、この話を断ってしまったらこの先ずっと外に出ることができなくなってしまうのではないかという漠然とした不安が朝香の背中を押した。

そんなふうに消極的な動機で働き始めたのだが、美羽の古い友人が経営しているというその古書店『いしがき書房』は、思いのほか居心地が良かった。快活な接客も、売上げノルマに急き立てられることもない。店の一番奥のカウンターに座ってたびたび訪れる客の応対をすることが仕事のほとんどだったのだから、リハビリとしてはちょうど良かったのかもしれない。

天井の高さまで本が並べられた本棚は、外の世界へ繋がるトンネルのようで、穴倉に身を潜める密やかさに漂いながら、街の風景を眺めるのが朝香は好きだった。

道路の向かい側には、今は石垣だけが残る盛岡城跡公園が見える。

季節は春から夏へ移ろうとしており、公園の木々は日ごとに色を濃くしていった。歩道に建てられたポールには、フラワーバスケットが吊るされ、白や黄色の小さな花びらが風に揺れていた。

とりわけ、毎日午前十時頃に店の前を通り過ぎる母娘の姿は朝香を和ませた。娘はおそらく二歳前後だろう。跳ねたり、蝶を追いかけたり、自らの足で街を歩くことの喜びを全身で表していた。

母親は、娘に何か危険があればすぐに手を差し伸べられる距離を保ち、慈しみの眼差しを送りながら、娘の少し後ろを付いて歩いていた。

かつて朝香もこの通りを母律子と何度も歩いた。それはピアノの発表会やコンクールがあるときと決まっていた。

ここは盛岡駅から岩手県民会館までの通り道だったのだ。

律子は、学校の勉強から礼儀作法、服装、遊び友達に至るまで口うるさく干渉する厳しい親だったが、中でもピアノに関しては執着が強かった。決められた時間の練習をやりこなさなかったと言って食事を抜かれたこともあったし、朝香が風邪を引いていても微熱ぐらいでは練習を休ませてもらえなかった。

けれど発表会のときだけはようすが違っていた。

おそらく朝香の気持ちを乗せようとしての配慮だったのだろう。律子は終始笑顔で、「あれだけの練習をこなしてきたのだからきっと朝ちゃんは大丈夫よ」と温かい声をかけてくれた。そして、帰り道は花束や賞状を抱えて誇らしげだった。

だから、朝香が商店街に『いしがき書房』があることを知らなかったのは、古書店という商売が子どもの興味の外にあったということだけが理由ではない。この大通りは朝香にとって、律子との綺麗な思い出の背景画に過ぎなかったのだ。

壁ガラスの向こうに見える城跡の石垣と、木漏れ日をくぐる母娘の姿がちょうどの構図に収まる水彩画のような光景を眺めていたら、朝香にひとつのアイディアが浮かんだ。

店頭に絵本を並べてみてはどうだろうか。今度、オーナーの柏木さんに提案してみよう。

そのとき、ガラス壁の水彩画を破ってひとりの男子が入ってきた。

「本当に古本屋でバイトしてたんだ」

その男子は、窮屈そうに、割り込むように、狭い通路に身体をねじ込んできた。その男子が身体のサイズ上の問題を抱えていたからではない。ギターのハードケースを手に持っていたからだ。ギターケースを持った健康な男子は、朝香の内面を不健康な有害物質で浸す。

それは、二日前に偶然再会した西岡海里《みさと》だった。

逞しさにはかすりもしない、いつも何かに楽しそうにしていた子どもの頃とまったく変わらない海里の笑顔は、朝香を生まれ育ったこの町の、公園の滑り台や小学校の通学路といった場所に呼び戻す。

幼馴染、その言葉が思い浮かんで、朝香は自分がとても歳を取ってしまったような気になった。

海里は誰かを探し当てたかくれんぼのオニのような痛快な笑みを浮かべて歩いてきた。

「『本当に』ってなんで、こんなことで嘘をつかなきゃないのよ」朝香がぶっきらぼうに応じた。

「だってさ、古本屋って朝ちゃんのイメージじゃないし」

海里は芝居がかった仕草で店内をぐるりと見渡した。

「その『朝ちゃん』は止めてって」

「急に呼び名を変えるほうが不自然だよ」

薦めてもいないのに、海里は折り畳みのパイプ椅子を目ざとく見つけて腰かけた。

海里と再会したのは、通勤電車の中だった。

ラッシュの時間を過ぎたローカル線の車内は、通院のために市内へ向かう高齢者ばかりで、乗客はまばらになり、のどかな空気に包まれる。いつもの車両に乗り込んだ時点で、朝香はすでにギターケースを携えた男子の姿を視界の隅に捉えていたのだが、できるだけ離れた席に座った。

率直に言って朝香は、ギターケースを持って歩いている男子が苦手だ。できれば関わりたくない。なんならはっきり「近寄るな」と啖呵を切りたいくらいだ。彼らが放つ自己陶酔と自分探しのオーラは朝香にとっては耐え難いものなのだ。

そのギター男子は、空いている席があるというのに出入口付近にもたれかかって立っていた。

ふん、そんなに大きなギターケースと自意識を抱えているから座席にも座れないじゃないか。

だから、ギター男子が自分に近づいてきたときには、身体が強張った。

「朝ちゃんだよね。西野朝香……」

フルネームを呼ばれて顔を上げ、それが海里だということに気が付いた。

「みさと?」

あの海里がギター男子に変貌していることに朝香は驚きを隠せなかった。

海里は、朝香の二歳下で、朝香が進学のために東京に出て行ったときには高校二年生だった。その後近況を知らせ合う機会はなかったから、海里が地元の国立大学に進学していたことも朝香は知らなかった。

海里は、朝香と母が暮らしていたマンションの同じ階に住んでいた。女子と男子が、異性であることを意識しはじめ、それぞれの小さな世界を作って閉じこもっていく(ちょうどその頃に海里は朝香の背の高さを追い抜いた)、そんな年頃になる直前までよく一緒に遊んでいた仲だ。

「忙しい?」海里が尋ねた。

「嫌味? 見てのとおりよ」

「こんなんで経営は大丈夫なのかよ」

「大きなお世話。こう見えて意外と儲かってんのよ」

この店の経営状況など知りもしないのに反射的にそう答えた。オーナーの柏木が侮辱されたようで癪に障ったのだ。

「お客さんじゃないんなら帰ってちょうだい。お客さんがいなくても、買い取った本の整理やホームページの更新とか、結構やることはあるんだから」

朝香は大げさに溜息をついて立ち上がった。

「じゃあこれだけ」

そう言って、海里はショルダーバッグから何やら取り出した。それはハードカバーの本だった。

「ごめん。私、まだ買取査定はできなくて、オーナーの柏木さんが店に出る月、火、水曜日しか買取りは……」

「いや、そうじゃなくて」海里が朝香の言葉を遮った。「返却なんだ」

「返却？　レンタルなんてなおさらやってないけど」

「うちの母さんから『朝ちゃんに返してくれって』預かってきたんだ」

「え？」

海里の母に本を貸した覚えはない。何しろ朝香は、大学進学のために東京に出てから一度も帰省すらしていなかったくらいなのだから。

「朝ちゃんのお母さんに借りてたんだって」

そう言われて朝香はあらためて、その本を見た。

『きのうの星空』。作者は『常磐ルイ』。

タイトルも作者もはじめて聞くものだった。

「これって小説?」

朝香はその本をぱらぱらとめくった。

「うん。なんとかっていう新人文学賞を受賞した恋愛小説で、ちょうどその頃話題になってたらしいんだ。マンションの管理組合の総会のときに朝ちゃんのお母さんの隣の席に座ったら、総会が始まる前の時間にお母さんがそれを読んでたんだって。うちの母さんが『私もそれ読みたいって思ってたんですよ』って言ったら『自宅にもう一冊あるからどうぞ』って貸してくれたんだってさ」

恋愛小説? 自宅にもう一冊?

およそ普段の母からは想像できないことだった。

「読んだあと、次に会ったときに返そうと思っていたら……」そこで海里の声がしぼんだ。

「あの、なんて言うか、お母さんのことは……、ごしゅうしょう……さま……、でした」

『何か僕にできることがないだろうかと尋ねると、君は「きのうの星空が見たい」と寂しそうに笑った。』

小説の書き出しの一文に眼を落しながら朝香は、「ありがとう」とだけ小さく答えた。

母律子が、小学校の教壇で倒れ救急搬送されたとの報せを叔母美羽から受けたのは、東京が四年振りの大雪となった十二月中旬のことだった。

美羽は、律子が病院に搬送された直後から朝香に何度も連絡を試みていたようなのだが、ドラッグストアでバイト中だった朝香は電話に出られず、五時半過ぎに携帯電話のメールを見たときには、律子はすでに危篤状態に陥っていた。脳内出血だった。

「え？　うそ」

思わず口に出た朝香の言葉は、駅の雑踏に飲み込まれ誰にも届くことはなく、大雪の影響で首都圏の交通が大混乱となり混雑を極める中、立ち止まった朝香にたくさんの肩がぶつかり通り過ぎて行った。

駅員に声をかけられ我に帰った朝香は、頭の中が真っ白なまま、ただとにかく盛岡に帰らなければと思った。

しかし東京駅へ向かおうとした朝香を、大雪による電車の遅延が阻んだ。やっとの思いで東京駅に着いたときには、東京発盛岡行の最終の新幹線はすでに出発をした後であり、残された方法は夜行バスしかなかった。新幹線の倍以上の時間がかかるが、それでも翌朝の始発の新幹線よりは早く盛岡に着く。

朝香は、待合室の椅子に座り携帯電話を握り締めながら発車時間を待った。

思い返せば大学に進学してからの三年間、一度も盛岡には戻っていなかった。

母に対するわだかまりがそうさせたのだ。

解りあえぬまま冷却期間を設けるように家を出たのだが、帰省したときの自らの第一声と表情がイメージできず気持ちをぐずつかせているうちに大学生活はあと一年を残すのみとなっていた。周囲は就活を始めているというのに、東京に留まるのか地元に帰るのか、朝香ははじめの一歩すら踏み出せずにいた。

夜行バスが二十三時過ぎに東京駅を出発して、やがて高速道路に乗り、東京都外に出た頃、美羽からメールが入った。

それは、朝香の行き先の変更を指示する内容だった。

病院ではなく葬祭センターへ直接来るようにと。

新幹線に乗れていれば、間に合っていた。

葬儀のあと、朝香は実家のマンションにも東京のアパートにも戻れず、美羽の家に引きこもった。

テーブルの向こう側で少し背中を丸め、味噌汁を啜る叔母は、やはり母に似ている。

律子の生前には、律子と美羽、朝香の三人で過ごす時間もたびたびあったのだが、律子と美羽を似ていると感じることはなかった。律子の像が記憶の中のものとなって滲んでしまった今、美羽の姿が律子に重なって見えるのだろうと朝香は自分なりにそう解釈していた。

「ねぇ、美羽叔母ちゃん」朝香が子持ちししゃもを頬張りながら言った。

「何？　あっ、その浅漬け、うまく漬けられたから食べてみてよ」

「お母さんのことなんだけど」

美羽の箸を動かす手が一瞬止まった。

律子のことを話題にするのは、葬儀が終わって以来初めてのことだ。

「お母さんって、私の父親だった人と別れてから誰かと恋愛をしたことってあるのかな」

両親は、朝香が一歳半のときに離婚したと聞かされており、朝香には父親の記憶はまったくない。

美羽が眼を丸くして朝香を見返している。

「ごめん。唐突だったね」

「どうしたの急に？」

「お母さんは生真面目で厳しくて、私に対しては母親としての顔しか見せたことがなかったし、私もそのことに何の疑問も持ってこなかったんだけど、そういう気持ちがあっても不思議じゃないんだってことに今更ながら気付いたの」

朝香は、サイドボードの上で居心地が悪そうな律子の遺影を見た。

「私がいることで我慢していたこともいっぱいあったのかなって」

「姉さんが誰かと恋愛をしていたことがあったのか、それは私にも分からない」

美羽が、手にしていた茶碗を置いた。

「でもね、仮に朝ちゃんのために自分の気持ちを抑え込むことがあったとしても、それを朝ちゃんが気に病むことはないのよ」

美羽が言わんとすることは理解できる。しかしその一方でこうも思うのだ。

律子が朝香のために、恋愛をはじめとして、自分のやりたいことを犠牲にしていたのだとしたら、それは朝香が律子の思い通りになっている限りにおいてだ。律子は朝香のために自制をしていたのではなく、朝香という作品づくりに没頭していたに過ぎないのだと。

そしてそれは、朝香が高校三年生の夏、最後のコンクールの日に突如として終焉を迎えることとなる。

そのコンクールで演奏する曲に朝香は、ショパンの幻想即興曲を選んだ。ショパンの即興曲の中で最も美しいとされている曲で、高校生にとってはやや難易度が高い。ピアノを始めた小学低学年の頃から、いつか演奏してみたいと胸に秘めていた曲を朝香は高校最後に選んだのだ。それまでではピアノの先生と律子の勧める曲ばかりを演奏してきていたから、律子は意外そうにしていたが、「朝ちゃんの思うようにやってみなさい」と理解を示した。

コンクールまでの三ヶ月、朝香は一心不乱に練習をした。注いだエネルギーや集中力まで数値化したとしたら、それまでの人生の全練習量を超えると言って良いだろう。

そしてコンクールの日。

演奏の導入でGシャープのオクターブを強打したときから、朝香は不思議な感覚の中にいた。それまでは、自分の演奏イメージを、指先を通じて鍵盤に伝えようと腐心してきたのだが、身体が自然に旋律を奏でるのだ。

遊離した思考は、ステージ上の自分を俯瞰した視点から静かな佇まいで観ている。

第一主題、嬰ハ短調の速い十六分音符は、指がもつれることなく軽やかに流れた。

変ニ長調に転調する中間部は、分散和音の伴奏にロマンティックな旋律が重なる。

自らの演奏に身を委ねていると、なぜか子どもの頃の記憶が蘇ってきた。雪が深々と降り積もる歩道を、母と朝香が新しい足あとを付けながらピアノのレッスンへ向かっている。

それはまさに幻想のようだった。

そして演奏は、主題が再現され、コーダへ入る。この辺りが技術的には最大の難関だが、これまでで最高の出来だった。

そして最終盤、ディミヌエンドして、嬰ハ長調で静かに締めくくられようとしたそのとき、啓示が降りるように朝香にひとつの考えが浮かんだ。

私の人生は……、母が書いた楽譜だ。

表彰式が始まり、ステージの上で賞状を受け取る頃には、朝香は、母に勧められていた地元国立大学の教育学部音楽科ではない大学に進学しようと思い始めていた。

「朝ちゃん？　大丈夫？」美羽の声に朝香は回想から呼び戻された。

「いや、なんでもない。あ、浅漬け美味しいよ」

「ふふふ。朝ちゃんは超能力者なの？」

「え？」

「だって朝ちゃん、さっきから一口も浅漬けを食べてないわよ」

「あ……」

「ふふふ。今、朝ちゃんに言われて私も子どもの頃のことを思い出してたんだけどさ、私は、姉さんが勉強のあとに食べようと取っておいたお菓子を我慢しきれず横取りして食べちゃうような子だったのよ。それでも姉さんが私を責めるようなことは一度もなかった。姉さんの我慢強さは私に鍛えられたものだから本物よ。気になんかしなくていいわ」

美羽が微笑みながら言った。

やっぱり美羽叔母ちゃんは、お母さんとは似ていない。朝香はそう思った。

「柏木です。何か困ったことはありませんか」

『いしがき書房』のオーナー柏木隆平からの業務上の連絡はいつも電話だ。朝香がアルバイトを始めるとき、仕事内容は前任のパートのおばさんから直接引き継いだので、実はまだ一度も柏木に会ったことがない。

「退屈すぎて物足りないんじゃないですか?」

オーナーだというのに柏木は、売上や来店客数のことは聞かず、何かの相談員のようなことを言う。

そして柏木の声は、本人がここにいなくても温かい。この場所を作り上げた本人なのだから、きっとその声や言葉の選び方がこの場の空気に馴染むのだろうと朝香は思う。

「大丈夫です。私はそれほど勤勉じゃありませんから」

自分の声はこの場所に馴染んでいるだろうか。

「ふふふ。それなら安心しました。もう薄々、というか確信を持って感付いていると思いますが、この店は決して儲かっているとは言えません」

「私がアルバイトに来るようになってからということでなければ良いのですが」

「まさか。朝香さんにいらしていただいてからむしろ売り上げは向上しています。本当に助かっています」

「少し安心しました」

朝香は、自分が安心したということを、安心したという言葉で伝えることの心地良さを感じた。それは本当に久しぶりのことだ。

「僕はここで二十年以上も古書店をやっています」

「はい、叔母から聞いています」

少し沈黙があって、柏木は続けた。

「この二十年の間にだいぶ町の様相は変わってしまいました。老舗と言われるような店が立ちゆかなくなってシャッターが降り、しばらくするとそこにフランチャイズ系の居酒屋が開店する。そんなことが繰り返されています」

「私は三年ぶりに盛岡へ帰ってきましたが、おっしゃる意味が分かるような気がします」

「おかげさまで、それほど数が多いとは言えないけれど常連さんもいるし、ご近所のラーメン屋さんや洋服屋さん、美容院のみなさんとも仲良くしてもらっています。いまやひとつのお店が閉まるということは、商店街への影響を考えるとシャッター一枚分以上の問題が生じることになります。楽な経営ではありませんが、ここで古書店を開け続けていくこと自体に意義を感じてやっています」

そこで柏木は一呼吸を置いた。

「少し、いや、かなり物足りないかもしれませんが、引き続きよろしくお願いします」

店の外をいつもの母娘が通り過ぎた。

「そうだ、柏木さん、ひとつ御相談があるんですが」朝香が言った。「店の前をときどき小さな子どもが通るんですけど、店頭に絵本を置いたらどうかと思うんです」

「いいですね。西野さんにお任せします」柏木の声の調子が上がった。

石垣のキャンバスに描かれた、木々の緑と笑顔の母娘の水彩画。

この絵画の世界を守り続ける役割を自分も担いたいと、朝香は思った。


八月、盆の入りの日、朝香は『いしがき書房』にいた。

店は十七日まで休みだったたし、律子の初盆だったのだが、どうしても墓参に行く気になれず、

「いいのよ、無理しなくて」と言って出掛ける美羽を見送った。

独りで家にいても気分が塞ぐばかりだったので、とりあえず外に出てみたが、今の朝香には、『いしがき書房』以外に思い付く居場所はなく、自然に足が向いたのだ。

不意に訪れたら、蔵書の整理か何かで店に顔を出している柏木に出くわすこともあるのではな

いかという淡い期待があったが、店は、繁華街にぽっかり開いた空洞のような静けさの中にあった。

「すみません。予定を変更してお店を開けてもよろしいでしょうか」

朝香は柏木に電話をかけた。

「それは構いませんが……」柏木の声音には少し戸惑ったような濁りがあった。「確かお母様の初盆だと、美羽さんから聞いていましたが……」

「厳しい母親でしたから、怒ってお墓の中から出てくるかもしれません」

すでにお昼に近い時間で、店の中には熱気がこもっていた。盛岡駅から十五分くらい歩いてきた朝香の額にも汗が滲んでいる。

「もし差支えなければ、お母様の話を聞かせてもらっても良いですか？　私も少し時間を持て余していたところです」柏木が言った。

「ちょっと待ってもらっても良いですか？」

「あ、お客さんですか？」

「いえ、お店を開けるのはやっぱり止めました。エアコンのスイッチを入れて、冷蔵庫から飲み物を取ってきます」

「ふふふ。ごゆっくりどうぞ。冷蔵庫に『龍泉洞の水』を入れていたはずですから、それを飲んでも良いですよ」

「はい。少し待っててくださいね」

受話器を置くと朝香は、大急ぎで店の中を行ったり来たりしながら長電話の準備を整えた。誰かと話をすることに気持ちが昂るのは久しぶりのことだった。

朝香は、母から、礼儀作法に始まって服装、髪型、持ち物に至るまで厳しく躾けられたことや、母が小学校の教師をしていて忙しい毎日を送っていたことで料理や洗濯などの家事が自然に身に付いたこと、ピアノの発表会のたびに『いしがき書房』の前を通っていたこと、そして、わだかまりを抱えたまま家を出てしまったことなどを一気に話した。

「柏木さんは、『きのうの星空』という小説のことをご存知ですか？」と、話が直近のことに及んだ頃には、時計の長針が一回りし、五百ミリリットルのペットボトルの水は、半分くらいに減っていた。

「本屋のはしくれですから、『きのうの星空』についてはもちろん知っていますよ。おそらく作者の実体験に基づいたお話だと思うのですが、想いが強く滲み過ぎている印象を僕は持ちました。もう少し感情に抑制を効かせて書いたらもっと良い作品になったと思います」

これが、朝香の話に対する柏木のはじめてと言って良いコメントだった。それ以外は、ほとんど「なるほど」とか「そうでしたか」と相槌を打つだけだったのだ。

「へえ、そんなものですか」朝香が応えた。「でも、母にとってはとても大事なものだったようです」

朝香はレジの脇の抽斗にしまったままにしていた『きのうの星空』を取り出した。

「私、母のお葬式のときにも泣くことができなかったんです。母から自由になって、私自身の道を歩もうと東京に行ったはずなのに、結局やりたいことも、やるべきことも見つけられないまま三年が過ぎてしまいました。私自身のことも母との関係も中途半端なままなのに、母は自分だけ退場してしまいました。そんなのズル過ぎます」

そう言って朝香はペットボトルの水を一口飲んだ。

「そのうえ、母親としての顔や教師としての顔しか見せてこなかった人が恋愛小説だなんて、何かの謎解きですかこれは。結局私は母のことを何も理解していなかったんじゃないかって気持ちだけが募ってしまうじゃないですか」

しばしの沈黙が流れた。電話の向こうの柏木の気配だけはしっかりと感じられた。

「すみません。つい感情的になってしまいました」朝香が言った。

「とんでもない。話を聞かせて欲しいと言ったのは僕のほうです」

柏木が何かを考えるように一呼吸置いた。

「きっとお母様には、そうせざるを得ない事情や背景があったのだろうと僕は思います。もちろんそれを慮ってすべてを許すべきだと言うつもりもありません。ただ、朝香さんにはこれからまだたくさんの時間と可能性がある」

「でも、母はもういません。母との関係を新たに築くことはもうできないんです」

「そんなことはありませんよ」

柏木にしては断定的な言い方だった。

「人は他人を完全に理解することはできません。だから人間関係というのは、双方が、双方の言葉や行動から相手の真意を想像して、信頼や愛情という幻想を膨らませていく営みにすぎません。その意味ではまさに終わりのない謎解きと言えるかもしれませんね。朝香さんとお母様は、確かに今後新たなエピソードを作ることはできませんが、朝香さんのお母様に対する解釈や想像は朝香さん次第で変えていくことができます。恋愛小説のことのように、きっと朝香さんが知らないお母様の姿や想いがまだまだあるはずです」

朝香は店の外に眼を向け、大通りをふたりで歩いた日のことを思い出した。

「きのうの星空を観ることは、それほど難しいことじゃありませんよ。そして、どんな経緯であれ、僕はお母様に朝香さんと引き合わせてもらったと思っています。そのことに僕は感謝します」

柏木の声は、今実際にここにいるような直截さと温かさに満ちており、朝香はそれを全身で受け止めた。

最後の一文を、句点まで念入りに黙読し、朝香は『きのうの星空』を閉じた。そして、表紙に掌を置き、眼を閉じて、作品世界の余韻に浸った。

『きのうの星空』は、主人公である男子学生が、父親の失踪や友人の自死に直面する中で、迷いながら大人になっていく過程を補助線として引きながら、同級生の女子学生との出会い、すれ違い、恋愛の成就、そして別れを描いた物語だ。

ストーリーには特別新しいところがない作品なのだが、朝香は引きこまれた。

柏木は抑制を効かせたほうが良いと言ったが、朝香は、一人称で語られる主人公「僕」の過剰なまでの想いの発露に心を鷲づかみにされた。

母はこの作品をどのように受容したのだろうか。自分が知らない母がまだたくさんある。そう思いながら朝香は静かに眼を開けた。

時刻は午後七時になろうとしていた。柏木との電話を終えてすぐに本を読み始めてから、六時間近くが経っている。店の外には夕闇が迫りつつあった。

そろそろ帰らなくちゃ、と伸びをしたときに、店の扉が開いた。

海里だった。今日はギターケースを持っていない。

海里は週に一回程度の割合で店に顔を出すようになっていた。とはいえ一度も本を買ったことはない。いつもパイプ椅子に座り込んで、売り物の星座図鑑やマンガ本を読みふけり、他愛のないおしゃべりをして帰っていくだけだ。

「まさかお盆に営業しているとは思わなかった」いつもの屈託ない笑顔で海里が言った。

「めずらしく今日はギターケースを持ってないのね」

「持ってきてるけどクルマの中に置いてきた」

「え？　クルマ持ってんの海里？」

「いや、父さんの。お盆休みで昼間っからビールを飲んでるからさ。借りてきた」

海里が本棚からいつもの図鑑を取り出して、ページを繰り始めた。

「せっかく来てもらったところ悪いけど、私、もう帰るところなんだ」

朝香は『きのうの星空』を再び抽斗にしまい、立ち上がった。

「むしろちょうどいいな」海里が悪戯っぽく笑った。

「え？」

「今からこれを観に行こうよ」

海里が、手に持っていた図鑑を朝香の眼の前で開いた。

「ペルセウス座流星群。今夜がピークなんだ」

海里が開いたページには、無数の星々の間を一筋の光跡が横切る天体写真があった。

「小学生の頃さ、夏休みの自由研究で一緒に星空観察をしようってことになって、マンションの非常階段で星を観たことがあったよね」海里が話を続けた。

確かにそんなことがあった。海里とは二歳違いだったのに、夏休みの自由研究はいつもふたりで同じ題材に取り組んでいた。自分が海里に合わせていたわけではない。海里は昔から利発な子だったのだ。

「夏の大三角形を観察したんだよね。あのときの星空もきれいだったけれど、早坂高原はあんなものじゃないよ」海里が言った。

「え？　早坂高原に行くの？　今から？」

「うん、ここから車で一時間くらい」

「海里、あんた、運転大丈夫なの？」

「夏の大三角形を目印にすれば大丈夫たどり着ける」

「砂漠のラクダかっ」

朝香と海里は顔を見合わせて笑った。

「さっ、行こう、夏休みの自由研究だ」

海里のその声に朝香は、ほんの一瞬、子どもの頃の昂揚感が胸の内に蘇ったような気がした。

早坂高原は、盛岡市と岩泉町の境界付近にある標高約九百メートルの草原だ。かつては、ふたつの町を結ぶ国道四五五線の休憩地点の役割も担っていて、人や車で賑わう場所だったのだが、峠の下を貫通する長いトンネルができてから状況は一変した。

「いまや一握りのハイキング愛好者や走り屋だけが訪れる地味な観光地になっちゃたんだよね」

海里の話を聞きながら朝香は、アウトドア派だったお父さんの影響で、海里の家族がよくキャンプや釣りに出掛けていたことを思い出した。

朝香は早坂高原に行ったことがない。

ふたりが『いしがき書房』を出てから一時間近く経過していた。車が盛岡市外に出て峠の道を上りはじめた頃には、すっかり日も暮れ、外は真っ暗で何も見えなくなっていた。

海里が運転する車の助手席に座っているのは不思議な気分だ。

「ずいぶんと快適なラクダじゃん」朝香が言った。

「操縦が巧いって言ってくれる?」

「その点は認めてやろう」

「サハラ地方には、『ラクダを巧く操縦したいなら星を見ろ』ってことわざがあるんだ」

「へえ。ギター男子の割に博識じゃん」

「ひとこと余計だって」

海里がハンドルを握りながらマニアックな知識を披瀝した、それだけのことだったが、朝香は「海里には海里の時間が流れていたのだな」となんとなく思った。

朝香は、伸びをするふりをして海里の横顔を盗み見た。輪郭が角張り、喉が隆起し、無精ひげが伸びている。昔はもっとつるんとしていたのに。

「さ、着いたよ」そう言って海里がラクダのウィンカーを左に出した。

レストハウスの駐車場には、同じように流星群を観に来たと思われる車が何台か停まっていた。

駐車場の隅に車を停めた海里に促され朝香は車の外に出た。

「え？　うそ？　すごい……」

見上げた空には無数の星々が輝いていた。朝香は息を飲んだ。

「手を伸ばせば届きそうだろう？」海里が言った。

首筋に冷たさを感じて、朝香は自分が泣いていることを知った。空を見上げていたから、涙は耳元から顎を伝わってカットソーの襟元に入った。

「分かる？　夏の大三角形」

そう尋ねる海里の視線が、星空ではなく自分の横顔に向けられていることが、朝香には分かった。

「なんかさ……」朝香が言った。「お母さんに会いたくなっちゃったな」

母を亡くしてから初めての感情だった。

「銀河系には二千億個の星があってさ。宇宙には銀河が千億個以上あると言われてる」

「え？」

「だから人が亡くなったら星になるって、あれは嘘。人類が繋いできた命よりはるかに多くの星が宇宙には存在するから、数が合わないんだ」

「何それ、ムードない」朝香が呆れた笑顔を浮かべた。

「お母さんに会いたいなら、ちゃんとお母さんがいるところに行くべきだよ」

そう言って海里は車の後方に回り、ラゲッジスペースのドアを開けた。

「さ、今夜のもうひとつのアトラクションだよー」

海里がギターケースを取り出した。

朝香は驚いて眼を丸くした。うそ、ここで唄うの？

「海里、わたしそういうのいいから。静かに星を観ていようよ」

こんなところでギター男子の自意識に付き合いたくない。

「遠慮すんなよ。せっかく早坂高原まできたんだから」

海里がギターケースのフックに手をかけた。

「いいから、いいから、しんみりしちゃった私が悪かった。謝るから、楽しくやろう」

朝香の制止に耳を貸さず、海里はギターケースを開けた。

「え？　何それ？」

海里はギターではなく大きな筒状の物体を手にしていた。

「天体望遠鏡」

そう言って海里は、呆然としている朝香の横で次々と部品を取り出し、天体望遠鏡を組み立てていった。

「望遠鏡専用の箱型のケースだと、普段、クルマじゃないオレにはかえって不便なんだよね。初対面の人とかに『何ですかそれ？』って聞かれていちいち説明するのも面倒だし。ギターケースなら別に珍しくないからさ、いろいろラクなんだよ。ごめんね、唄ってあげられなくて」

「はあ」

歌を聴きたかったわけではないのに、少し残念に思うこの気持ちはなんだろう……。

数分後、望遠鏡のファインダーを覗いていた海里が顔を上げた。

「はい土星見っけ。朝ちゃんも観てみなよ」

「うん」朝香はレンズに眼をあてた。

丸く切り取られた宇宙に少し黄色がかった光が瞬いている。

「すごーい。輪っかもちゃんと見えるんだ」

「地球からの距離は十五億キロメートル」

「詳しいんだね」

「一応、宇宙物理学専攻ですから」

朝香が驚いて顔を上げた。

「まだ二年生だから、高校の天文部ぐらいの知識しかないけどね」

海里がはにかむような笑みを浮かべた。再会してから初めての表情だ。

「将来はそういう仕事に就くの？」朝香が尋ねた。

「大学に残って研究者になれればって思ってはいるけど」

海里が空を見上げた。

将来の話とか、就職のこととか、自分達にはどこか気恥ずかしいから、星空はありがたい。朝香も空を見た。

「私はもう四年生だってのにぜんぜんだなー」

「ピアノはもう弾かないの？」言葉尻にかぶせて海里が言った。

「……。そんなの分かんないよ……」

「ごめん、エラそうに……」

ピアノはもう弾かないの？

三年前、家を出るときに、母からも同じ問いを向けられた。答えられないままでいるうちに母は逝ってしまった。

『ラクダを巧く操縦したいなら星を見ろ』か。サハラの人は上手いことを言ったもんだ」朝香が呟いた。

「あ、それなんだけどさ。嘘だから」

「へ？」

「さっきオレが思い付きで言ったの。他の人に自慢気に言わないでね。とっても恥ずかしいから」

「みさとー、おまえー」

朝香が海里の首を掴み、頭を揺さぶったときだった。

「あっ！」

「おっ！」

天空を星が流れた。

すぐにまたもうひとつ。

ペルセウス座流星群の天体ショーが始まろうとしていた。

朝香はいつまでも夜空を見上げながら、明日、母と暮らしたマンションに帰ってみようと思った。

朝香がポケットから取り出した鍵の、キーホルダーの鈴が小さく鳴った。この鍵は今朝、家を出るときに美羽から渡されたものだ。

「本当にひとりで大丈夫？」

半ば悲愴な表情を浮かべる美羽に「自宅に帰るだけじゃない」と笑って返してはみたが、母愛用の手毬鈴のキーホルダーを渡されたときには、胸の奥をぎゅっと掴まれたように息が詰まった。

ゆっくりと扉を開け玄関に入る。

室内には夏の熱気がこもっていた。

「お母さん、ただいまー！」

張り上げた声がそのまま嗚咽になった。

「ただ……ひっく……い、ま……ひっ」

ねえ、「おかえり」って言ってよ、お母さん。私はお母さんに聞きたいことがいっぱいあるし、ちゃんと喧嘩もしなきゃならないの。

そう思ったら涙が止まらなくなり、しばらくの間、朝香は玄関に立ったまましゃくり上げていた。

火葬場でも葬儀場でも泣くことができなかったのは、この場所で泣くためだったのだと、朝香は思った。

そして、どんなに待っても「おかえり」と返答が返ってこないことを受け止め、スニーカーを脱ぎ部屋に上がった。

朝香は、はじめにカーテンと窓を開け、室内に光と風を招き入れた。

ベランダの外には、眼に馴染んだ九階からの眺めが広がっている。

このマンションに引っ越してきたのは、朝香が五歳のときのことだ。

「お庭はないけれど、朝ちゃんとお母さんが暮らすにはちょうど良い広さね。ここが朝ちゃんのふるさとになるのよ」

そう言った母の声が耳に甦る。

キルトのセンターラグ、ダークブラウンの食器棚、錫製の一輪挿し……。室内は、母とふたりで暮らしていた頃のままであり、一つひとつの家具や調度品に母の気配が感じられた。

部屋の中をゆっくりと見渡していると、電話台の脇の壁に架けられたカレンダーに眼が止まった。

母が急逝した去年の十二月のままだ。

カレンダーには、不燃ごみの収集日やマンションの管理組合の総会のほか、学校の終業式などの日程がメモされていた。

ひとり暮らしなのだから自分の手帳にだけ記しておけば良いのに。相変わらずの生真面目さに苦笑しながら、母の最後の日々を辿る気分でカレンダーを眺めていると、ある日付けのメモに眼が止まった。

十二月三一日。

『朝ちゃん帰省?』

朝香は眼を閉じ、母の思いを噛みしめた。

ごめんなさい。帰るのが遅くなっちゃった。

それから朝香は玄関のすぐ脇の部屋に入った。

ピアノの練習室として使っていた六畳間だ。おそらくこの家の中で朝香がもっとも長い時間を過ごした場所だろう。

律子は朝香のために、ふたり家族としてはいささか広過ぎる三LDKの物件を購入した。しかも近所迷惑にならないよう角部屋を選び、練習室には簡易な防音工事も施した。

どうやって搬入したのか今もって不思議なのだが、その六畳間にはコンパクトタイプのグランドピアノがぴったりのサイズで収まっていた。

朝香は椅子に腰を掛けた。そして、うっすらと埃が積もっている鍵盤蓋を開け、深呼吸をひとつして演奏を始めた。

ショパンの幻想即興曲だ。

しかし最初の八小節ですぐに演奏を止めた。まったく指が付いてこない。これでは高校生はおろか、小学生の頃の自分にも恥ずかしいレベルだ。それでもこのピアノが、定期的に調律され、丁寧に手入れをされていたことは分かった。

鍵盤蓋を閉じ、立ち上がりかけた朝香の動きが止まった。

楽譜や数々の表彰盾、賞状が収められた書棚に、かつてはなかった一冊の本を認めたのだ。

『きのうの星空』。

朝香はその本を書棚から取り出し表紙を開いた。

するとそこに手書きのメッセージがしたためられた一筆箋が挟められていた。

『やっと僕の作品を世に出すことができました。

読んでもらえれば、この小説は、君との出会いなくしては生まれ得なかったことが分かってもらえると思います。

だから、出版物には残すことができなかった献辞をここに記します。

本書を、僕が愛した日々と、律子、そして僕たちの娘・朝香に捧ぐ。柏木隆平』

お盆休み明け最初の柏木の出番の日、朝香は、開店から一時間経ったあたりをねらって『いしがき書房』に行った。

『きのうの星空』の作者常磐ルイが柏木隆平であり、そして自分の父親でもあるという事実は朝香を混乱させた。

それでも朝香は、柏木に直接会って話がしたいという衝動を抑えることができなかったのだ。

店の前まで来ると、ひとりの男が店のガラス壁に一枚のポスターを貼ろうとしていた。歳の頃は四十代半ば。長身で少し痩せている。

柏木に間違いないだろう。

「常磐ルイさん」朝香は男に声をかけた。

男は振り向き朝香を見た。すぐに事情を察したようだった。

「いしがきミュージックフェスティバルを知っていますか？」

柏木が、手に持っていたポスターを朝香に向けて言った。

「十年前に、音楽と盛岡を愛する若者たちによって始められた手づくりの音楽フェスです。今や一日に八万人を動員する一大イベントに成長しました。その日は町のあちこちにステージが設けられて、一日中音楽が鳴り続けます。この場所で商いをやっていることに喜びを感じられる日のひとつです」

柏木がポスターを貼る作業を続けながら言った。

「はじめまして……。じゃないんですよね。少なくとも柏木さんは、私のことを知っている」

朝香が柏木の横顔に向かって言うと、柏木の手が止まり、表情が変わった。

「僕には、ふたりを幸せにしてあげることができなかった……」横顔の柏木が言った。

違う。そんなことを言って欲しいのではない。いつもの電話のように温かく包み込んで欲しいのだ。

「おとうさ……」

「パパー！」

「え？」

背後から小さな子どもの声が近づいてきて、朝香を追い越していった。

それは、いつも散歩で店の前を通り過ぎる小さな女の子だった。

駆け寄った女の子は柏木の足に抱きつき、半袖から伸びた柏木の細い腕がその子を抱き上げた。

「パパ、お仕事？」女の子が尋ねた。

「ああ、今日はお店のお仕事の日だよ」

朝香が振り向くと少し離れたところに立っている母親が、朝香に小さく会釈をした。二十年前に別れた父親に新しい家庭がある。考えてみれば不思議なことではない。

「パパ、あのご本読みたい」

女の子が指さした先には、朝香によって飾られた絵本があった。

柏木は困った表情のまま、笑顔を浮かべ朝香を見ている。

それは鏡に写したように自分に似ていた。

朝香は、自分の肩の力が抜けていくのを感じた。

おとうさん、と呼ぶことはできなかった。

けれど、この人は、脆さや不器用さも含めて自分の分身であり、今も自分を愛してくれている。

そのことは確かめられた気がした。

朝香にはそれだけで十分だった。

「ずいぶんと手の込んだ父娘の再会を演出してくれちゃいますね」

その日の夜の食卓で、朝香は美羽に柏木のことをそう切り出した。

前回の反省を活かし、最初に浅漬けに手を付けた。

「だって、朝ちゃん、父親があそこにいるから会いに行きなさいって言ったって、どうせ素直には受け入れないでしょう」

美羽はしたり顔で箸を動かしている。

「そりゃまあそうだけど……」

朝香は味噌汁を啜った。

「ねえ。お母さんと柏木さんって、どんなカップルだったの?」朝香が尋ねた。

「そうね、『きのうの星空』のまんまよ」

「そっか……」

そのあと、黙ったまま食事をする時間がしばらく続いた。

朝香は、律子と柏木が紡いだ時間と、通わせ合った想いについて考えてみた。

分からないことがたくさんある。だからこれからもずっと向き合っていかなければならない。

これからも母と共に生きていくのだ。

「あっ!」

そのとき、頭の中にひとつの映像が浮かび、朝香は思わず声を上げた。

「どうした?」美羽が眼を丸くしている。

それは、石垣の通りを歩く母と自分、そしてそれを『いしがき書房』の中から見ている柏木を俯瞰した画だ。

子どもの頃、発表会のたびに『いしがき書房』の前を通っていた。あのとき母がいつも上機嫌だったのは、朝香の緊張を和らげるためではなく、自分達の姿を柏木の眼に留めてもらえるかもしれないという昂揚感からだったのではないか。

「ひょっとしてお母さん、柏木さんのことがずっと好きだったのかな」朝香が言った。

「たぶんね。あのふたりは、お互いが好き過ぎてダメになったの。もう少し分別が付いてから出会っていればまた違っていたかもしれない。けどね、分別が付いてから出会っていたら、そもそも惹かれ合っていたかどうかも分からないわ」

美羽は小さくため息をついて、最後に「恋愛ってそういうものよ」と付け加えた。

「私はそんなひねくれた恋愛はしない」朝香が決然たる表情で言った。「ちゃんと好きな人と結ばれて、離婚なんかしない」

「そうね、朝香の信じたように生きなさい」

そう言った美羽の表情が、母の記憶と重なった。

高校最後のコンクールの演奏曲を幻想即興曲にしたいと、朝香が言ったときに見た母の表情だ。

「何？　私の顔に何か付いてる？」見つめられて、美羽が問い返してきた。

「やっぱりお母さんに似てるなあって思って」朝香が答えた。

「あら不思議」

「え？」

「私も今、朝ちゃんに同じことを思っていたとこよ」そう言って美羽が笑った。


九月第三週の日曜日。

盛岡は『いしがきミュージックフスティバル』の開催日を迎えていた。

町は朝から多くの若者や家族連れで賑わっており、『いしかぎ書房』の店内にも、微かに音楽と聴衆の歓声が聞こえていた。

浮き足立つ気持ちを抑えきれず朝香はエプロン姿のまま店の外に出た。

空は高く澄み、バンドの演奏と歓声、そして町のざわめきが、ひとつの音楽を奏でている。

好きなことを通じて町への貢献を果たしているのならば、ギター男子も捨てたものじゃない。

自分もこの町で暮らしていきたいと朝香は思っていた。

「朝ちゃん」

声のほうを向くと海里が立っていた。いつものようにギターケースを持っている。

「今日は商売にならないだろう」海里が笑った。

「そうだね。臨時休業にして私もフェスを観に行きたいなって思っていたとこ」

公園のほうから聴こえていた音楽が止み、大きな拍手と歓声のあとにMCが始まった。何を話していたかまではここからは分からない。

「朝ちゃん、ここのバイト辞めるんだって？」海里が言った。

「なんで知ってんの？」

「先週、朝ちゃんの出番の日に来たら知らない人が店番をしててびっくりしたんだ。その人から聞いた」

「あ、それ次のバイトの人。少しずつ引き継ぎをしてるの」

「そっか」

「十月になったら大学に……、東京に戻ることにしたんだ」

このことは一ヶ月前から決めていたことだ。けれど、なんとなく海里には黙っていた。

海里が寂しがるのではないかと考えるのは自意識過剰だと自覚しながら言い出せなかったのは、結局自分自身が寂しかったからだ。

「少し余計に大学に通わなければならないかもしれないけど、ちゃんと卒業して、そして盛岡に戻ってくる。ピアノや音楽に関われる仕事ができればいいなって」

海里は神妙な顔で黙ってうなずいていたけれど、心なしか笑みが浮かんでいるようにも見えた。

ＭＣが終わり次の演奏が始まった。

「ところで海里さ、この状況でギターケースを持って町を歩くなんて、あんたよほど度胸あるね」朝香が笑った。

「あ、これ？」海里が答えた。「別にオレ、天体望遠鏡専用だって言った覚えはないけどな」

「え？　どういうこと？」

「今日はちゃんとギターが入ってまーす。つーか、普段はギターを入れているんだって。いつも天体観測してるわけないじゃん。曇りや雨の日だってあるんだし」

朝香は拍子抜けをして言葉を出せなかった。

「十一時から芝生広場のステージにオレのバンドが出るんだ。よかったら観に来てよ」

海里は、天体観測に誘ったあのときと同じ眼をしている。

「じゃあ、もうすぐ集合時間だから！」そう言って海里は、手を上げて去って行った。

まったく海里ってヤツは。朝香は苦笑した。

時計を見ると十時二五分だった。

「よし」

朝香はそう声に出して、柏木に臨時休業を願い出る電話をしようと店に入った。

台詞はもう心に決めている。

「今日ぐらいはいいよね、おとうさん」

p.36 作中の歌詞の引用：@なおポップ『10（teen）』
（著作者許諾済）

初出一覧

長袖とヘッドフォン……「北の文学」第80号（２０２０年５月発行）

ピンク……「北の文学」第75号（２０１７年11月発行）

バスガス爆発……「北の文学」第74号（２０１７年５月発行）

二宮さんの手紙……「北の文学」第72号（２０１６年５月発行）

幻想即興曲……「北の文学」第76号（２０１８年５月発行）

※単行本化にあたって一部加筆した。

加藤 勝 かとう まさる

岩手県生まれ。2014年『優勝カップに味噌汁』で「北の文学」69号入選。以後、同誌において6回連続入選ののち、2017年『ピンク』で「北の文学」75号優秀作に選ばれる。岩手県滝沢市在住。

長袖《ながそで》とヘッドフォン

2021年12月22日 初版第1刷発行

著者 加藤《かとう》 勝《まさる》
発行者 杉山昌己
発行所 株式会社エンジェルパサー
〒985-0835
宮城県多賀城市下馬5丁目11番6号
電話 022-385-5080
https://angelpasser.jp

印刷・製本 モリモト印刷株式会社

Printed in Japan
ISBN978-4-9908969-6-6 C0093

エンジェルパサーは、地方の小さな出版社です。
暮らしの中にさまざまな楽しみや喜びを見つけ出そうとする人たちと一緒に、
言葉とデザインを大切にし、読み継がれる本づくりを目指しています。